BBN
B●BOY NOVELS

豪華客船で恋は始まる12 上

水上ルイ

イラスト／蓮川 愛

この物語はフィクションであり、実際の人物・団体・事件等とは、一切関係ありません。

CONTENTS

豪《ごう》華《か》客《きゃく》船《せん》で恋《こい》は始《はじ》まる

人物紹介

倉原 湊

Minato Kurahara

私立聖北大学の大学生。高校３年生の時にエンツォとの「お見合い」を仕組まれ、やがて彼と深く愛し合うようになる。苦しいときにも逃げ出さずに、逆にみんなを励まし守ろうとするような、強く温かい心を持っている。婚約者であるエンツォを心から愛している。船上での愛称は「プリンス・ミナト」。

二人をとりまく人々

プリンセス・オブ・ヴェネツィアⅡクルー

石川孝司

経験豊富な年配の副船長。初乗船時、嫌がる湊を泣き落として乗せた人。

フランツ・シュトローハイム

優しい癒し系の美青年。湊滞在中の担当コンシェルジェで仲の良い友人。

クリース・ジブラル

元海賊の航海士でエンツォの右腕。奥手なフランツとキスまでの恋仲。

ウイリアム・ホアン

しっかりもののコンシェルジェで、湊とフランツとは大の仲良し。

デイビッド・リン

アメリカ海軍警察の有能な中尉。ジブラルの親友で、ホアンと恋人同士。

エンツォ・フランチェスコ・バルジーニ　*Enzo Francesco Balzini*

豪華客船『プリンセス・オブ・ヴェネツィアⅡ』の船長にして、
イタリアの世界的企業バルジーニ海運の次期総帥。
すべてに万能な超エリートだが、どんな危機をも切り抜けるサバイバル能力に長けた海の男でもある。その行動は、果断にして的確。
婚約者である湊を心から愛する。

その他

ブルーノ・バルジーニ

豪快で型破りな動物学者。エンツォの叔父。アルベールに熱烈に片思い。

アルベール・コクトー

著名な海洋学者。湊には優しいが、ブルーノにはひたすら厳しくクール。

セルジオ・バルジーニ

エンツォの父にしてバルジーニ家当主。スケールが大きすぎるダンディ。

神代寺正光

大変厳しい湊の家庭教師。世界中の名家の子女を教えてきたスーパー教師。

倉原 渚

元気で明るい湊の妹。父母と共に、湊とエンツォの恋を応援している。

豪華客船で恋は始まる12 上

―― Prologue ――

デイビッド・リン

「驚いたな」

ヘリコプターから降りた私は、そびえる建物を見上げながら言う。

「こんな人里離れた場所に、こんなに大きな教会があるなんて」

私の名前はデイビッド・リン。通称アメリカ海軍警察、正式名称はアメリカ海軍犯罪捜査局(Naval Criminal Investigative Service、略してＮＣＩＳ)の特別捜査官。海軍捜査局には二千五百人あまりの捜査官が所属しているが、その半数は特別な訓練を受けた特別捜査官だ。主に海軍と海兵隊内部の犯罪捜査を行っているが、国境を越えた世界規模の捜査にも加わる権利を有し、逮捕権を持ち、武装許可も下りている。

正式には海軍省の傘下にある組織だが、私の指揮する捜査チームは少し特殊で、大統領からの直接の指示で独自の捜査を行うこともある。今回も大統領直々の命令で「今手がけている事件をほかのチームに任せ、最優先で、ある殺人事件の捜査に当たってほしい」とのことだった。向かう場所を指定されただけで、被害者やその状況など、詳細な指示をまったく受けていない。大統領を問いつめたが、いつものごとくのらりくらりとかわされた。

「まさか、いきなりこんなところまで出張とは思いませんでした」

部下の一人、金髪のロシア系アメリカ人、イヴァン・モロゾフが、教会の周囲を見渡してため息をつく。いつもはダークスーツを絶対に着崩さないが、今は上着を脱ぎ、ワイシャツの袖をまくり上げている。

「わかっていたら、新品のアルマーニなんか着てきませんでしたよ」

「メキシコが近いせいか、けっこう湿気が多いですね」

黒髪に褐色の肌のスペイン系アメリカ人、ディエゴ・アルフォンソが言う。中東での実務経験が長い彼だが、さすがに上着を脱ぎ、ワイシャツのボタンを開けている。二人ともショルダーホルスターに入った銃が丸見えだが、都市部はともかく、こんな場所では構っていられない。

「ムシムシして、きっついなあ。中東の砂漠の方がずっとマシだ」

二人は私の部下になって三年。特別な訓練を受けた軍人であり、優秀な人材だ。揃って口が悪いのが難点だが、堅物の私とはバランスが取れているかもしれない。

「その情けない言葉を、君達の訓練生時代の教官に聞かせたい」

私は、教会に向かって歩きながら言う。

「まあ……あの男からの直接命令が、いつも面倒なことには同意する。事前の調査がまったくできないので、本当にやりづらい」

私の言葉に、二人がくすくす笑う。

「天下のアメリカ大統領を、あの男呼ばわりですか」

「さすが、我らがリン中尉」

赤土の地面には、奇妙な形のサボテンが林立している。その向こう、抜けるように青い空をバックにして高くそびえるのは、褐色の石を積み上げて造られたいくつかの建物。礼拝堂らしき一番大きな建物は尖塔を持ち、その先には装飾の施された金色の十字架が光っている。そこから回廊でつながれた場所にある天井の低い建物は、神父達が暮らす居住棟だろう。居住棟の前には小さな畑が作られ、彼らの質素な暮らしがうかがえる。私は全体を見渡し、何かの違和感を感じながら言う。

「とても大きな礼拝堂だな。近隣の村々の人口とはそぐわないように思えるが……」

「はい！　それに関しては調査してあります！　報告してもよろしいですか、リン中尉？」

一番後ろからついてきていた部下が、大きく手を上げる。まるで授業中の生徒のようなその様子に、ほかの二人が小さく吹き出す。私は、新人をからかわないように、という意味で彼らをちらりと睨《にら》み、それから彼を見下ろす。

「お願いできるかな、ジョナサン」

言うと、彼はやけに堅苦しい顔で敬礼をする。

「サー！　イエッサー！」

「何度も言ったように、ここはもう訓練所ではない。『サー』はつけなくていい」

「寛大なお言葉をありがとうございます、リン中尉！」

彼はもう一度敬礼をし、上着の内ポケットから分厚い黒革の手帳を取り出す。両側に立つ二人

が二メートル近い長身と格闘家のようないかつい体型をしているせいで、彼はまるで遠足に来た小学生のようだ。黒縁眼鏡を指で押し上げながら、手帳をめくって、

「この教会では、何度か奇跡が起きています。それを見ようと、たくさんの人々がここに礼拝に訪れ、集まった寄進でこれだけの規模の礼拝堂が建てられたようです」

「なるほど」

私が言うと、ジョナサンはさらに張り切ったように頰を赤くして、

「地方新聞の記事によると、具体的に集まったおおよその信者の数は……一九二五年の参加者は百五十人、一九二八年は二百六十三人、その次の一九三五年には四百五十二人、一九四三年には五百十七人……」

わずかに癖のある英語、小柄な身体。ふわふわとした赤毛に、眼鏡がやけに大きく見える童顔。紺色のスーツを着て臙脂《えんじ》色のネクタイを締めている。「お洒落《しゃれ》なことで知られるリン中尉のチームの一員になったんですから」と言って、いつでもネクタイを絶対に緩めないが……彼の場合、中学校の入学式のような初々《ういうい》しさだ。

彼の名前はジョナサン・ドゥリトル。この春にＦＢＩの訓練所を卒業し、経験を積むために私のチームに派遣されてきた。こう見えても特殊訓練を受けたプロファイラー候補だ。私の元上官でもあった訓練所の所長が、「とても優秀な捜査官になるはずだ。君のもとで実戦経験を積ませて欲しい。びしびし鍛《きた》えてくれていいから」と強く推薦してきた人材だが……その実力は、残念ながらまだそれほどは発揮されていない。これだけ華奢《きゃしゃ》なのにＦＢＩの特殊訓練をギリギリで切

り抜けた根性、そしてこの前向きな姿勢は、もちろん認めるが。

「ジョナサン」

私は少し申し訳ない気持ちになりながらも、彼の説明を遮る。

「礼拝への参加人数は、後から書類で提出して欲しい。今は、具体的にどんな奇跡が起きたのかをまず教えてくれないか？　ヴァチカンからの正式な奇跡認定は？」

「教会の司教様から、ヴァチカンへの申し出は何度もあったようです。が、正式な奇跡認定はされておりません。というか、調査官の派遣すらありませんでした。なにせ……」

ジョナサンは分厚いレンズの向こうから、真剣な目で私を見上げてくる。

「聖堂のマリア像が涙を流したとか、壁に浮き出たシミが天使に見えるとか、どちらかといえばありふれたものばかりだったようなのです。一応キリスト教徒とはいえそれほど敬虔《けいけん》な信者とはいえない僕には、それを見にこれだけの信者が集まったことの方が奇跡に思えます」

「たしかに」

私がうなずくと、イヴァンとディエゴも、

「そんなにありがたい場所には、とても思えないですね」

「建物は大きいですが、建ってる場所がこんな砂漠のど真ん中ではね」

まばゆい陽光と、素朴な教会。そこで起きたという殺人事件。その妙な違和感に、嫌な予感が湧き上がってくるのを感じる。

「人里離れているという点では、犯行現場としてはうってつけかもしれないが……」

私は言いかけ、あることに気づいて言葉を切る。きょとんとした顔のジョナサン以外の二人の視線が、扉の方に注がれる。礼拝堂の扉の向こうから、微《かす》かな靴音が聞こえてきたことに、二人も気づいたのだろう。

ギギイ、という重い音に続いて、正面扉が大きく開かれる。

「……おお、到着なさっていましたか！」

階段を慌てて駆け下りてきたのは、五十代後半くらいの男性。癖のある黒髪、おおらかそうな赤ら顔、恰幅のいい身体には地元警察の制服。

「あなたがリン中尉ですか？　わざわざワシントンＤＣからお疲れさまです」

彼はくしゃくしゃのハンカチで汗を拭きながら、私達に真っ直ぐ近づいてくる。

「サンアントニオ警察署、署長のガルシアと申します」

「よろしくお願いいたします、ガルシア署長」

ガルシア署長に続いて階段を上る。彼が両開きの扉を大きく押し開ける。

教会の内部は、こんな辺鄙《へんぴ》な場所にあるとは思えないほど豪華だった。

ゴシック建築の教会を思わせる、緻密な彫刻が施された柱。まるで深い森の奥に迷い込んだかのような、高い天井。踏み込んだ私達の足音が、やけに大きく響く。

何度か訪れたことのある、ヴァチカン市国のサンピエトロ大聖堂を思い出す。もちろん規模はまったく違うが、柱や天井にびっしりと描かれた壮麗な天井画、壁際に置かれた大理石の彫像などの雰囲気が共通している。

ガルシア署長はせわしなく汗を拭きながら、先に立って歩く。

「匿名《とくめい》の通報があったので確認したら、いきなり遺体を発見したんです。神父さん方は怯えて、居住棟に閉じこもって祈りっぱなしですよ。……まずは、現場を見られますか？」

「神父様達には、後ほどお話をうかがいます。まずは現場を見せていただけますか？」

私が言うと、ガルシア署長はうなずいて、

「わかりました。ご案内します。……匿名の通報だからイタズラかと思ってきたら、これですからねぇ……」

ガルシア署長は先に立って礼拝堂を歩いていく。柱の間に見え隠れするのは、素朴だが美しいステンドグラス。正面にある驚くほど立派な祭壇には、花で飾られたマリア像がある。

祭壇の柱の陰に、小さな木製の扉があった。扉のノブも、取り付けられた錠も、真っ赤に錆《さ》びついている。普段は使われていない場所なのだろう。今はその扉が大きく開かれ、黄色のテープが張られている。その脇に待機していた大柄な警官が、私達に敬礼をしてくる。いかつい彼の顔が、やけに青ざめていることに私は気づく。

「ジョナサン、君にとっては初めての殺人現場だ。もしも自信がないのならここで……」

「いいえ」

ジョナサンが、かすれた声で私の言葉を遮る。

「大丈夫です。ご一緒します」

「わかった。……遺体はこの下ですね？」

私の言葉に、ガルシア署長がうなずく。

「わかりました。……行くぞ」

三人に声をかけ、先に立って階段を下り始める。歩きながら、私は今までに感じたことのない感情に苛《さいな》まれていた。

……何かが不調和だ。とてもおかしい。

私のチームは、大統領からの依頼があればどんな犯罪の捜査も行う。世界情勢に関わるような大きな事件も手がけたし、気の弱い警官が失神するような陰惨な犯行現場も数多く見てきた。だが……。

……私の第六感が、ここは今までになく危険だと告げている。

私は階段の下に立ち、半開きになった木の扉をゆっくりと押し開く。私と部下の三人は部屋に入り、中を見渡す。陰惨な遺体があると思われた部屋の中にはなぜか何もなかった。大理石の床の上には、砂漠の砂が薄く積もっているだけだ。照明はつけられていないが、地下室の天井の一部に天窓がいくつもあり、薄曇りの空からのほの暗い光が、部屋の中を照らし出している。

「はあ？　何もないじゃないですか」

ディエゴが呆然《ぼうぜん》とした声で言う。

「これは何かの冗談ですか？　それにしても……」

「……あ……」

ジョナサンの声が、彼の言葉を遮る。彼の手がゆっくりと上がり、壁を指差す。目を凝《こ》らすと、壁際の暗がりには大きな横長のガラスのケースが設置されていた。その中には、大理石でできた聖人の像がずらりと並んでいる。イヴァンが、

「ガラスケースに入れているということは、高名な彫刻家の作品なんでしょうね。それにしても美しいな。まさかミケランジェロとか？」

太陽を覆っていた雲が動いたのか、部屋の中がゆっくりと明るくなる。天窓から差し込んだ光が埃《ほこり》を浮かせて斜めの筋になり、壁の一部を照らし出して……。

「……っ」

微かに息をのむ音がして、ジョナサンの身体がふわりと沈んだ。私はとっさにしゃがみ込み、彼の後頭部を、床ギリギリのところで支える。

「どうした、ジョナサン？」

呼びかけるが、反応がない。青ざめた頬、遅い呼吸。気を失っているようだ。

……彼は、いったい何を見たんだ……？

私は鼓動が不吉に速くなるのを感じながら目を上げ、ジョナサンが見つめていた方向を見る。

そして……ガラスケースに入っているのが、大理石の像などではないことに気づく。

「これは……まさか……」

ガラスケースに近づいていたイヴァンが、呆然とした声で言う。

「……遺体……？」

ガラスケースの中に立っていたのは、彫像などではなく、人間の遺体だった。

「……なんてことを……でも……」

ディエゴがかすれた声で言う。

「……綺麗《きれい》だ……」

「怪物と戦う者は、自らも怪物にならぬよう、心せよ」

私の唇から、いつも自分に言い聞かせている言葉がふと漏れた。

「深淵《しんえん》を見つめる時、深淵もまたこちらを見つめているのだ」

立ちすくんでいたイヴァンが、震える声で呟く。

「ニーチェですね。『ツァラトゥストラはかく語りき』」

「そうだよ。……もし美しく見えたとしても、ここは犯罪現場であり、これは陰惨な殺人だ」

私は、現場を見渡しながら言う。

「私達は、こんな辱《はずかし》めを受けた彼らのために、絶対に犯人を捜し出さなくてはいけない」

私の言葉に、彼らが深くうなずく。

……とても危険だ。

私は眉を寄せながら、思う。

……こんなことをした犯人がいったい何者なのか、その人物の美意識はいったいどうなっているのか……知りたいと感じてしまう自分が恐ろしい。

◆

青空の下に広がる、美しいワシントンDC。そしてアメリカ合衆国の政治の中枢である、ホワイトハウス。濃い緑の木々の向こうには、世界中から訪れた観光客達が楽しげに列を作っているはずだ。

ホワイトハウスの地下深くに設置された会議室に私はいた。核攻撃にも耐えられるシェルターの役目も果たす閉鎖的なこの空間では、外の世界の平和さが嘘のようだ。部屋の壁一面が大型モニターになっていて、それを半円形に囲むデスクには、この国の政治を仕切る面々が、しかつめらしい顔でずらりと並んでいる。

「これが、その教会の地下で撮影された画像です」

私は手元のリモコンを操作し、大型モニターに画像を映し出す。眉を寄せながらも画面に目を向けた面々が、次々に息をのむ。

「……これが、遺体……？」

副大統領が、呟くように言う。大統領までもが何かに魅《み》せられたような顔で、スクリーンを見つめながら言う。

「……まるで、眠る天使のようじゃないか……」

映し出されたのは、全部で二十五体の被害者の遺体。いずれもとても端麗な容姿の男性。脚の間の部分をわずかな薄布が隠しているだけで、ほかには何も身に着けていない。生きているかのような滑らかな肌をして、両手を祈るように胸の前に組み、安らかな顔で目を閉じている。一見しただけでは、とても遺体とは思えない。まるで穏やかに眠っているかのようだ。

地下室の壁際に設置されたガラスケース。彼らはその中に、麗《うるわ》しい彫像のように立っていた。彼らの足下に飾られていた花は、それぞれ一種類ずつ。私は花には詳しくないのだが、瑞々《みずみず》しく見えたそれらは生花ではなく、枯れないように特殊加工された、プリザーブド・フラワーというものらしい。

「教会の地下で見つかった遺体には、すべてエンバーミングが施されていました」

「最近のエンバーミングというのは、こんなに見事なものなのか……?」

大統領は呟き、それから何かを振り払うかのように大きく頭を振る。

「いや、どんなに美しく保存されていたとしても、彼らは事件の被害者に違いない。彼らの魂《たましい》よ、どうか安らかに」

胸に十字を切りながら言い、それから深いため息をつく。そして私に視線を移して、

「被害者の身元が、すでに全員特定できていると聞いたが?」

「家族への連絡が済んで、確認のためにこちらに向かってもらっているところです。海外で行方不明になった被害者もいるので、全員の身元を完全に確認できるまで数日かかりそうですが……写真で確認してもらったところ、ほぼ間違いないだろうと」

「さすがリン中尉、仕事が早いな」

感心したような副大統領の言葉に、私は頭を振ってみせる。

「いいえ、私が調べたのではありません」

私は沈鬱《ちんうつ》な気持ちになりながら、手の中のリモコンを操作する。

「ガラスケースの足下、すべての被害者の前に、真鍮《しんちゅう》のプレートがつけられていました。そこには、本名と生前住んでいた場所、そして経歴や趣味嗜好が、詳細に刻まれていたのです」

モニターに映し出された画像を見て、集まった面々が息をのむ。

「行方不明者リストで確認したところ、刻まれていたのは、偽名ではなくすべて本名。住んでいた場所の住所も、実際のものと一致しています」

美しいまま花で飾られ、ガラスの棺《ひつぎ》に入れられた被害者達。彼らの人生を刻んだ、金色のプレート。その様子はまるで、丁寧に展示された美術品のようで……。

……この事件の犯人は、狂信的でも、残忍でも、凶暴でもない気がする。

私はあの時感じた悪寒を再認識しながら、思う。

……もっとシンプルに、被害者のことを単なる『美しい芸術品』としか認識していないのだ。

痛ましい殺人の痕跡、しかしその光景は美しかった。私はあの時、そう思ってしまった自分に驚き、そして激しい嫌悪と罪悪感に打ちひしがれた。

「……ダメだ、この画像を消してくれ」

大統領が額を押さえて言い、私はリモコンを操作して画像表示を終了させる。モニターには合衆国のマークが浮かび、集まった面々が深いため息をつく。きっと彼らも私達と同じ気分を味わったのだろう。

深呼吸をした大統領が顔を上げ、私に視線を移して言う。

「これは、あの忌《い》まわしい宗教……『ドミネ・デウス』と関連した事件だと思うかね、リン中尉？」

「関連しているという確たる証拠は、まだ見つかっていません」

私の言葉に、部屋の中にざわめきが広がる。私は、

「『ドミネ・デウス』は、エンバーミングを施した若い男の遺体を本尊として崇《あが》める宗教、しかもそれを十年ごとに新しくしているという情報があります。しかし、あの宗教ができたと言われているのは第二次大戦中。この遺体は、本尊と考えるには数が多すぎます。……ですが、この犯行の特殊性と、ずば抜けて高いエンバーミングの技術を考えると、なんらかの関連があると考えるのが自然だと思います」

「リン中尉、現在の『ドミネ・デウス』に関する最新の情報を報告してくれないか？」

大統領の言葉に、私はアマゾンで起きた事件を思い出して、胸が痛むのを感じる。会議室の中を見渡しながら、

「『ドミネ・デウス』は何年も前から危険なカルト集団としてマークされてきましたが、目立った活動実績は公《おおやけ》にならず、ただの噂ではないかという意見もありました」

私の言葉に、目をそらすメンバーもいる。ずっと噂だと軽く考えられてきたこの宗教だが、アメリカ海軍の特殊部隊の指揮官だったチェンバレンがその幹部だったことが判明し、大問題になったことを思い出したのだろう。

「しかし数カ月前、『ドミネ・デウス』幹部に、一人の青年が拉致され、殺害されそうになる事

件が起きました。幸い事件は未遂に終わりましたが、逮捕された『ドミネ・デウス』の幹部は、その青年の遺体にエンバーミングを施し、次の本尊にする予定だったと自供しています」

私の言葉に、大統領が低く呻《うめ》く。

「その青年の名前は、ミナト・クラハラ。国籍は日本、日本の大学に通う学生です」

「日本人大学生？　逮捕された『ドミネ・デウス』の幹部は全員欧米人だったし、支部が日本にもあるという噂も聞いたことがない。唐突に思えるが……その大学生は、『ドミネ・デウス』の幹部と何かつながりでもあるのか？」

ＣＩＡ長官が、いぶかしげに言う。私は、

「ミナト・クラハラ氏の父親、カイト・クラハラ氏は日本で船舶会社を経営しており、バルジーニ海運の社長であるセルジオ・バルジーニ氏の幼なじみです。その縁もあってか、ミナト氏は、大学の長期休暇中にバルジーニ海運の豪華客船『プリンセス・オブ・ヴェネツィアⅡ』に何度か乗船しています」

私はあの船の上で見た湊《みなと》さんの煌《きら》めくような笑みと、それを見守っていたバルジーニ船長の優しい視線を思い出す。

……彼らの安全のためにも、この事件の真相を突き止めなくてはいけない……。

私は思いながらリモコンを操作し、モニターにある人物の顔を表示させる。

「それがきっかけで、あの事件の首謀者の一人……ビル・ゴールドスミスに目を付けられたのだと思われます。報告書にもあるように、ビル・ゴールドスミスは、バルジーニ海運のライバル会社でもあるゴールドスミス・クルーズの前社長です。サンフランシスコ湾で起きた『プリンセス・オブ・ヴェネツィアⅡ』爆破事件にも関与していると思われ、現在その件でも取り調べ中です」

あの事件を思い出したのか、居並ぶ面々が小さく呻く。豪華客船『プリンセス・オブ・ヴェネツィアⅡ』は何者かが仕掛けた爆弾によりサンフランシスコ湾で爆発炎上し、操縦不能に陥《おちい》った。炎の中、最後まで船に残って操船を続けたバルジーニ船長の勇気がなければ、船はサンフランシスコの桟橋に激突したかもしれない。そうなったら爆発と火災によって、街は甚大な被害を受けたはずだ。

「『ドミネ・デウス』の首謀者及び主要メンバーは逮捕されました。その時点で、『ドミネ・デウス』は壊滅状態に陥ったはずでした。しかし……」

私は報告書に目を落とし、沈鬱な気持ちになる。

「私の部下の一人が、『ドミネ・デウス』に入信していると言われているＶＩＰの私設秘書として潜入中です。その部下からの報告によれば、信者の数は首謀者と言われた三人の逮捕後もまったく減る様子がなく、それどころか、近々、新しい本尊を迎える儀式があるという噂まで流れているとのことです」

「……新しい本尊……」

副大統領が、眉をひそめながら言う。

「ミナト・クラハラ氏の拉致に失敗したことが、信者の全員にまで伝わっていないだけでは？」

「そうではありません」

私は、それならいいのだが、と願いながらも報告を続ける。

「彼らの集会で一斉にそのことが発表されたのが、つい三日前だそうです。彼らはミナト・クラハラ氏の拉致をあきらめていないのかもしれません。そして……」

私は内心深いため息をつき、それから会議室の中を見渡す。

「……信者達は口を揃えて、『ドミネ・デウス』の本当の教祖は逮捕などされていない、だから教団は安泰《あんたい》だ、と言い張っているらしいのです。未だ逮捕されていない教団の幹部達が、そう思い込ませただけかもしれませんが」

会議室の中のメンバーの表情が一斉に固まる。誰もが、あのアマゾンで起きた事件と犯人の逮捕で、すべてが終わったと思っていたからだ。

「今回のこの事件と『ドミネ・デウス』の関連性に関しては、さらに調査を進めてからまたご報告します。……以上です」

「報告をありがとう、リン中尉」

押し黙っていた大統領が立ち上がり、会議室の面々をゆっくりと見回す。

「『ドミネ・デウス』はただのカルト宗教の団体ではなく、世界中の経済界、政界、そして軍部までも巻き込んだ巨大な反社会的組織だ。『ドミネ・デウス』を絶対に許してはならない」

大統領の言葉が、私の胸にも深く沈む。

◆

「エンバーミングの時に血液を抜かれていますし、身体は隅々まで洗浄され、特殊な加工が施されています。死亡時期も死因も、特定するのが大変でしたよ」

監察医のウォルトが、ため息をつきながら言う。

「解剖はこれからですが、とりあえずわかったのは死亡時期は全員がここ五年以内ということ。致命傷になるような外傷はないのですが、全員の首筋に注射針の痕があることが発見されました。彼らは何かを注射され、それが原因で死亡したのではないかと思われるんですが……」

ウォルトが首を傾げながら言う。

「……一般的によく使われる毒で亡くなったのなら、こんな安らかな顔と綺麗な肌は考えられません。どんなものを注射されたのか、今のところ不明。現在検査中です」

ここはペンタゴンからほど近い、私が普段勤務している海軍犯罪捜査局の本部。専門の研究所を持つここには、数名の監察医と鑑識官が常駐している。ウォルトはまだ若いが、腕利きの監察医だ。

アメリカ一の設備を持つと言われる広い安置室には、ストレッチャーが並べられ、そこにはあの教会で発見された遺体が並んでいる。

部屋の壁際には、イヴァンとディエゴが並んで立っている。現場で失神したジョナサンは、今度こそは大丈夫ですと言い張って、やはり部屋の中にいる。とても思いつめた顔をしているのが気になるが、初めての殺人事件なら仕方ないことだろう。

「見た目が美しいのは、ケースの外から見えた前面だけではないかと思ったんですが……彼らの遺体は、隅々まで完璧でした」

「本当に謎の事件ですよね」

壁際に待機していた、鑑識班のオーガスタがため息をつく。

「現場には、たいてい犯人の手がかりになるようなものが少しは落ちているんですよ。なのにめぼしい物はまったく見当たりませんでした。あるのは砂漠の砂ばかり」

言って、シャーレに入った砂をさらさらと振ってみせる。

「しかもこれはすべて、窓かどこかの隙間から吹き込んだもののようで、犯人の靴についていたと思われる特殊な成分は見つかりませんでした。……現代の鑑識技術をもってすれば、フケの一つ、唾液の一滴でかなり詳細な特定ができるんです。なのにそれらしきものはまったく見当たりませんでした。あの遺体を運び込んだ人間達は、頭と身体をぴっちりとガードし、一言も発さずに作業を終えたと考えられます。でなければ、魔法を使ったとしか……ゴホン」

私の視線に気づいたオーガスタが咳払いをし、

「いずれにせよ、素人《しろうと》の仕業《しわざ》ではありません。面倒な事件になりそうです」

「あ〜あ、しばらくは休みなしですねぇ」

ウォルトが呟き、ふと気づいたように言う。

「そういえば、リン中尉、明後日から三日間の休暇を取っていたのでは……？」

その言葉に、とても美しく、夢の中の世界のようなあの豪華客船『プリンセス・オブ・ヴェネツィアⅡ』を思い出す。本当なら明後日から休暇を取り、そこに乗船するはずだった。私の愛おしい恋人が待つ、あの船に。

……ホアン……。

彼のことを思うだけで、胸が切なく痛む。だが……。

「休暇はもちろん取り消しだ。全力で捜査に当たる。いいな？」

私の言葉に、全員が姿勢を正す。

……一日も早く、この事件を解決しよう。そして、清々しい気持ちでホアンに会いに行こう。

私は気を引き締めながら思う。それからメンバーを見渡して、

「ともかく、犯罪の証拠はこの遺体だけだ。何かほかに手がかりでもあれば……」

私は言いかけ、あることに気づいて言葉を途切れさせる。それを確かめるために、並んだ遺体の間を歩き抜ける。

「被害者の肌が滑らかすぎる。身体に、服で締め付けられた痕跡が一切ない。亡くなる数時間、もしくは数日前から服を着ていなかったのでは？」

思わず呟いた言葉に、ウォルトが息をのむ。

「ああ……だからか。どうも不自然だと思ったんです。普通なら、下着のゴムの部分やワイシャツの襟部分などに、わずかな痕跡が残るはずなんですが……たしかに何もない」

彼は並んだ被害者達を確認して回り、それから深くうなずく。

「おっしゃるとおり、彼らは毒殺される前から、服を脱がされていたと思われます。もしくは、

肌に痕を残さないように、とても緩い衣類に着替えさせられていたとか……」

「彼らが唯一身に着けていた、薄い布があったはずだ。鑑識はもう済んでいるか？」

私は鑑識のオーガスタを振り返って言う。彼は慌てたように、

「現場に残された痕跡を探すのを優先していて、まだそちらは手付かずなんですが……」

「誘拐され、監禁されたまま数日間を過ごしたのだとしたら、被害者はなんとかして犯人につながる証拠を残そうとしたはずだ。エンバーミングのために身体を洗浄されてしまったとしても、生前から身に着けていた物があれば、そこに何かが残されているかもしれない。もしくは……」

私はストレッチャーの間を歩き……一体の遺体の前で立ち止まる。

「顎《あご》に力が入っているように見える。彼は、何かを噛んでいないか？」

私の言葉にウォルトが動き、苦労して口の中を確認し……。

「紙がありました！　何かのメッセージがあるかも……！」

彼がピンセットで取り出したのは、小さな紙片だった。私達は目を凝らし、何かが書かれていないかと注意してみるが、それはただの白紙で……。

「紙質を調べてくれ。被害者が、ただの白紙を命がけで守ったとは思えない。きっとここに、何かの意味がある」

私の言葉にオーガスタがうなずき、シャーレに入れた紙片を持って部屋を飛び出していく。

……これで、犯人に少しだけ近づけるかもしれない……。

◆

『リン中尉』

明るく弾んだ声が、受話口《じゅわこう》の向こうから聞こえる。

『こんばんは、お電話ありがとうございます』

「こんばんは、ホアン」

電話の向こうの愛おしい人の声に、私はホッとため息をつく。

……ああ、彼の声は本当に私に安らぎを与えてくれる……。

彼の名前はウイリアム・ホアン。豪華客船『プリンセス・オブ・ヴェネツィアⅡ』のコンシェルジェ。宝石のように麗《うるわ》しい容姿をして、蕩《とろ》けるように優しい、私の恋人だ。

私は、ワシントン郊外にある自邸にいた。両親が離婚したせいで母方のリンという姓を名乗っているが、アメリカ海軍に所属しているおかげで、政治家を多数輩出している父方の一族、メイスン家とも未だに関係が深い。この屋敷も、父方の祖父の遺言で受け継いだもの。ほかにも、アメリカ国内にいくつかの屋敷を所有している。放置するわけにもいかずに管理人を何人も雇うことになってかなり高額の維持費がかかっているので、さっさと売り払うのが得策だと解《わか》っているのだが……どの屋敷もそれぞれ美しく、さらにかなりの価値がある美術品が所蔵されているために、なかなかふんぎりがつかない。

私がいるのは、その中でも一番市内に近い屋敷。ペンタゴンから車で十分ほどの小高い丘の上に建ち、広がる夜景の向こうに、遠くワシントン記念塔を望むことができる。

「ホアン」

私は、とても残念な気持ちで言う。

「面倒な事件を担当することになって、明後日からの休暇は、キャンセルせざるを得ないんだ。君とのデートもおあずけになってしまった」

『……そうなんですか……』

ホアンはさっきとは別人のように沈んだ声で言い、それから無理に元気を出したように、

『あ、でも、ちょうどよかったかもしれません。来週からのクルーズには、ミナトさんが乗船なさるので、その時に合わせて休暇をずらすこともできますし』

「君には、いつもすまないと思っているんだ。電話やメールばかりで、デートすらまともにできなくて」

私が言うと、ホアンは優しい声で、

『そんなことを言わないでください。あなたが正義を守るためのとても重要なお仕事をなさっていること、僕はよく知っています』

彼のあたたかな言葉が、私の心にゆっくりとしみてくる。

『あなたのおかげで救われている人が、たくさんいます。そんなあなたの恋人になれたこと、僕はとても光栄に思っているんです』

「ホアン、ありがとう。愛しているよ」

私が囁くと、ホアンは小さく息をのむ。それから甘い声で囁いてくれる。

『僕も愛しています、とても』

ホアンは、照れたように言葉を切る。彼の息づかいの向こうに、波の音が聞こえる。大型客船が波をかき分ける、軽快な水音だ。

甲板《かんぱん》に真っ直ぐに立つ彼の麗しい姿が、鮮《あざ》やかに脳裏に浮かぶ。

白磁《はくじ》のような肌、艶のある漆黒の髪、黒曜石《こくようせき》のような瞳。ほっそりとした身体を包む、凜々《りり》しいコンシェルジェの制服。

……ああ、彼はなんて清らかで、真っ直ぐで、美しいのだろう……？

私が関わっているのは、忌むべき殺人事件。たくさんの人の命が犠牲になり、冒瀆《ぼうとく》的な形でその人生を汚された。そう割り切らなくてはいけない、そう思うのに……。

……ああ……闇が、こちらを見ている……。

あの光景を見てからというもの、自分の中の何かがおかしくなってしまったような気がする。犯人の心の中に広がる、邪悪で陰鬱《いんうつ》な、しかしとてつもなく耽美《たんび》な闇が、私を引き込もうとしているかのように。

「会いたいんだ、とても。今すぐ軍の空港に向かい、戦闘機を奪って、君のもとに駆けつけたい」

自分の口から出た言葉に、私は自分で驚いてしまう。ホアンは、

『戦闘機を操縦できるあなたなら、本当にやりそうです。……ダメですよ。お仕事はちゃんとしてくださいね？』

彼の可愛らしく叱るような言葉に、さらに胸が締め付けられる。

「わかった。君に呆《あき》れられないように、仕事に専念する。その代わり、一秒でも早く事件を解決させて、君とのバカンスに入る」

『楽しみにしていますね』

ホアンは優しい声で言う。それからふいに心配そうな声になり、

『……声が、少しお疲れのように感じます。大丈夫ですか？』

高い教育を受けた一流のコンシェルジェだけあって、彼は相手の気配にとても鋭い。

「ああ、少し疲れているのかもしれないな。いつもながら、長い会議だったし」

『ごめんなさい、僕、気が付かなくて。そうしたらもうお休みになった方がいいですね』

「待ってくれ、ホアン」

いきなり電話を切られてしまいそうな気配に、私は慌てて言う。

「まだ切らないで欲しい」

彼は何かを考えるかのように少し黙り、それから真面目な声で言う。

『お忙しいあなたのために、少しでもお役に立てることがないかと、僕はいつも思っています。……今の僕に、何かできることはありませんか？』

彼の存在と、その真摯《しんし》な言葉が、揺らぎそうな私の精神をつなぎとめてくれる気がする。

「それなら、一つリクエストがあるんだ」

『はい、どんなことでも』

「もう少しだけ、声を聞かせていて欲しい。何か話してくれないか？」

自分の声がやけに苦しげに聞こえて、私は自分が自覚している以上に消耗《しょうもう》しているのではないかと思う。

『わかりました』

ホアンが優しい声で言ってくれる。

『それなら、先輩コンシェルジェが起こしてしまった、おかしな事件についてご報告しますね。事件の発端《ほったん》は、ある伯爵夫妻が誕生日のケーキをリクエストしたことなんですが……』

私は目を閉じ、今だけはほかのすべてを忘れようと、彼の声に耳を傾ける。

……ああ、こんなに優しい恋人を持てた幸運を、神に感謝しなくてはいけないな。

――第一章――

倉原《くらはら》 湊《みなと》

「さすがエンツォの母校。規模がすごいなあ」

オレは重厚な石造りの回廊を歩きながら、感嘆のため息をつく。

オレの名前は倉原湊。二十歳。入学金と授業料が高くて金持ちの子息が多いけど学力レベルはそんなに高くない、私立聖北《せいほく》大学に通う学生。高校からエスカレーター式で進学できたから安直に選んでしまったんだけれど……恋人の影響もあって、自分はまだまだダメで、もっといろいろなことを勉強しなきゃと思い知った。それもあって、今は猛勉強をして、この世界的な名門、ヴェネツィア大学への留学を希望してる。授業の予定はぎっしり、さらに放課後には家庭教師の神代寺《じんだいじ》先生の授業もあって、毎日がめちゃくちゃ忙しい。だから、学校が休暇に入ったとたん、オレは我慢できずに飛行機に飛び乗り、ここまで来てしまったんだ。

……だって、愛する人と、一秒でも早く会いたくて……。

実は。ごくごく平凡な学生であるオレには、一つだけほかの人と違うところがある。オレの恋人は男性。しかも双方の両親から認められて、婚約者同然だ。

彼の名前はエンツォ・フランチェスコ・バルジーニ。イタリアの大富豪バルジーニ家の次期当主で、大企業バルジーニ海運の次期社長。本当なら本社の役員室の椅子でふんぞり返っていればいいはずの人なんだけど……昔からの夢を叶えて、豪華客船『プリンセス・オブ・ヴェネツィアⅡ』の船長もつとめている。自家用ジェットと自家用ヘリを使って、ヴェネツィアにあるバルジーニ海運の本社と、船を往復するという、超多忙な毎日を送ってる。

本社で仕事をしてるからそちらで会おうって言われて、喜んでここヴェネツィアまで来てしまったんだけど……忙しいエンツォと、そうそうデートができるわけがなかったんだよね。

……でも、エンツォが仕事をしている間に、彼の母校でもあり、オレの志望校でもあるヴェネツィア大学に見学に来られた。これってなかなかない機会だよね。

「……そういえば……」

オレは周囲を見渡しながら、ふと気づいて呟く。

「……SPの二人、どこに行っちゃったんだろう？」

エンツォは世界的なVIPだから、どこに行くにも専門のSPが同行する。オレはただの庶民だからもちろん日本では普通に暮らしているんだけど、エンツォと一緒に行動することが多くて治安が悪い海外では、オレにもSPがつけられる。今日もエンツォの指示で、おなじみのSP、ローレンスとアンダースンがついていてくれていたんだけど……。

「さっき、学生達に話しかけられていたけど……それで時間を取られてはぐれたのかな？」

プロのSPであるあの二人は、警護対象のことをよく観察している。治安の悪い場所とか、危険なやつが潜《ひそ》んでいそうな人ごみではぴったりとくっついてオレを守ってくれる。だけどそれ以外の場所では適度な距離を保ちつつ、警護をしてくれる。普段は一般人として暮らしているオレは四六時中警護されることに慣れていないし、プライバシーも必要だってことを解《わか》ってくれているんだ。エンツォが絶対の信頼を寄せているあの二人は、顔はいかついけれど実はとても優しい。彼らのことが、オレも大好きなんだよね。

「あの二人、学内に入ってから、やたらと視線を集めていたからなあ」

休日らしく学内に人はほとんどいなかったんだけど……たまに歩いている学生達はいかにも育ちがよさそうな、上品で大人っぽい人ばかりだった。ガキっぽいオレと、軍人さんかSPかって感じのごっつい二人の組み合わせは、大学構内ですごく違和感があったみたい。学生達は驚いたような顔で、オレ達を目で追っていた。悪意を感じたわけじゃないけど、学生気分でいろいろ見て回りたいオレには、やたらと視線を集めるのはちょっと居心地が悪かったんだ。

「二人には悪いけれど、自由に歩き回っちゃおうかな？　心配かけないように、一応連絡だけは入れなくちゃ」

オレはポケットからスマートフォンを出し、彼らにメールを送ろうとして……『圏外』の表示が出ていることに気づく。

「このへんは電波が悪いのかな？　それとも学生が授業中にネットで遊ばないように、わざとアンテナを設置してないとか？」

オレは周囲を見渡し、いかにも平和そうな学内の様子を確かめる。中庭には大きなオリーブの木が並び、その向こうにはガラスとコンクリートを使った近代的で美しい校舎。その間からはアドリア海のブルーを見ることができる。

ヴェネツィア大学と呼ばれる大学は、実は二つある。運河に面した潟《ラグーナ》の上に建つヴェネツィア国際大学。校舎がいかにもヴェネツィアって感じで素敵だから、観光客も多い場所だ。そしてもう一つが、オレが今いるヴェネツィア大学。ラグーナからリベルタ橋を渡った本土側、ヴェネツィア・テッセラ空港の近くにある。

エンツォが卒業したのはこっちのヴェネツィア大学で、オックスフォードやケンブリッジ、ハーヴァード大学に並ぶほどの高いレベルを誇る、超一流校。オレは、『エンツォと少しでも一緒にいたい！』なんて浅はかな考えでヴェネツィア大学に留学するって宣言しちゃったけど……この大学のレベルの高さ、そして卒業生の顔ぶれ……高名な学者とか、大企業の経営者とか……を知ってからは、自分がどんなに無謀なことに挑戦しているかに気づき、ちょっと青ざめてる。

……とはいえ、一度宣言したからには、とことん頑張るつもりだけど！

「大学の敷地から出なければ、そのうちに会えるかな？　せっかくだから、士気を高めるためにもいろいろ見学しなくちゃ」

オレはスマートフォンをポケットにしまい、中庭を取り囲む回廊を歩き出す。回廊の柱の脇に学生用の連絡掲示板があることに気づいて、思わず覗《のぞ》き込む。ちょっと気取った雰囲気がある学校だけど、たくさんのポスターが乱雑に貼られた掲示板は、いかにも大学って感じで……。

「ルームメイト募集に、部員募集、猫の飼い主探し。なんだか日本と変わらないなあ」

オレは親しみを覚えながら、貼られたメモを読んでいき……一番隅に貼られた、クラシカルなデザインのポスターに気づく。

『アンフィコエリアス・フラギリムスの骨格標本レプリカ　期間限定で展示中　古生物学研究室第三展示室』

オレは鼓動が速くなるのを感じながら、ポスターを覗き込む。

「アンフィコエリアス・フラギリムスって書いてあるよね？　オレ、大好きなんだけど……！」

アンフィコエリアス・フラギリムスは、恐竜好きの間では幻と言われているすごいもの。二メートルもある脊椎《せきつい》の一部が発見されて、そこから全長が六十メートルと推測された。今までに発見された最大の化石はマメンチサウルスで、その全長は三十五メートル。これと比べると、アンフィコエリアス・フラギリムスの桁外れの大きさが解る。発見されたと言われた骨は今は紛失していて、発見者のスケッチが残されたのみ。実在するかすらも疑われている、まさに幻。恐竜好きのオレにとっては、永遠の憧《あこが》れで……。

「ここにもレプリカって書いてあるから、もちろん本物じゃないけど……アンフィコエリアス・フラギリムスの骨格標本ってだけでも、めちゃくちゃ見たい！」

オレはポスターをさらに覗き込み、そこに書いてあった地図で展示されている場所を確かめる。

「ええと……中庭を抜けて、校舎を抜けて、さらに別の中庭を突っ切って……？」

ここからだと距離がありそうだけど、よく見ると同じポスターが何枚も回廊に貼られていて、そこに現在位置が書いてあるみたい。それを見ながら行けば、なんとか辿り着けそうだ。

……よし！　行くぞ！

「あ、ここだ！」

重厚なドアには、英語で『古生物学研究室　第三展示室』と刻まれた真鍮のプレート。そのすぐ下に、一枚の手書きの紙が貼られている。イタリア語で、『所蔵品公開中　ご自由にお入りください』の文字。

……古生物学研究室の所蔵品なんて、めちゃくちゃ心が踊る！

初めて来る大学の知らない教室に入るなんて緊張するけれど、『恐竜』と聞いたら、やっぱり素通りなんかできないよ。

「自由に入っていいって書いてあるよね？　よし！」

オレは深呼吸してから、勇気を出してドアノブを回す。

「失礼しまーす」

そっとドアを開けてみるけれど、薄暗い部屋の中に人の気配はまったくない。

「もう、時間が遅かったのかな？」

言ったオレは、ふいに不思議な感覚に襲われた。自分の呼吸音以外なにも聞こえないことが、なんだか急に怖くなる。

……なんだろう、この感覚……？

◆

オレは周囲を見渡しながら、落ち着かない気分になる。

……誰かの、視線を感じる気がする……。

六角形をした部屋の壁に沿って、鉄製の階段が下に続いている。階段沿いの壁に設《もう》けられた本棚。びっしりと埋まっていてもいいはずのそれが、なぜかところどころが空いていて、本がぐずぐずと倒れている。まるで、誰かが必要な本だけを持って慌てて逃げてしまったかのようだ。大学の図書館や、『プリンセス・オブ・ヴェネツィアⅡ』のライブラリー……本が美しく収まった本棚を見慣れているオレには、それは何か異様な光景で……。

本と本の間には、茶色く変色したさまざまな動物の骨格標本が、ブックエンドみたいに転がっている。小さな猿、鳥、爬虫類《はちゅうるい》、一見しただけではなんだか解らないねじくれたもの……。人間のものらしき頭蓋骨《ずがいこつ》もある。もちろん、レプリカだろうけど……。

オレは階段の一番下で、部屋の中を見渡す。そこを満たしているのは、吸うことすらためらわれるような、黴《かび》と埃と薬品の匂い。ふと風が動き、ふいに何かまったく異質な香りが鼻をくすぐる。オレはそれが何かを思い出そうとして、思わず眉を寄せ……。

「君、誰？」

いきなり響いた声に、オレは本気で驚く。本能的に後ろを振り返ろうとした拍子に、つるつるとした大理石で靴が滑って……。

「う、わっ！」

オレはとっさに身体を一回転させ、尻餅《しりもち》をつくのを避ける。両手をついた場所がびっしょりと濡れていて、ぞっとする。とてもやばいものを触ってしまったかのように皮膚が痺れるのを感じて、慌てて両手をジーンズに擦り付ける。

「ごめんなさい。驚かせちゃいましたね」

目を上げると、そこに立っていたのは一人のほっそりした人物だった。天窓から差し込む夕暮れの光が目に入って、顔をまともに見ることができない。髪が後光のように煌めく。こんなに綺麗な色の髪は初めて見た。銀色に近いとても淡い金色。これは……プラチナブロンドってやつ？

「天窓から、雨が漏るんです。さっきにわか雨が降ったから、床が濡れていましたよね」

語尾が少しハスキーな、だけどすごく綺麗な声。シルエットからは判断できなかったけど……声のトーンからして男性だ。

その人は、オレに手をさしのべてくる。真珠のような滑らかな皮膚を持つ、とても綺麗な手。ほっそりと長い指がとても優雅だ。

オレはその綺麗な手に見とれ、あやつられるようにその手を握ろうとして……さっき床に手をついたことを思い出す。

「あ、オレ、手が汚れてるので……」

「気にしないで」

彼は笑ってオレの手を握り、優しく引っ張って立たせてくれる。そのまま顔を近づけるようにして、真っ直ぐに見つめられて……。

……うわあ……。

磁器みたいに白くて滑らかな肌、ほっそりとした鼻梁《びりょう》、優しいラインの眉、柔らかそうな珊《さん》瑚《ご》色の唇。自然に流された髪は、宝飾品みたいに豪華なプラチナブロンド。どこかあどけない表情を浮かべたその顔は、完璧という言葉がぴったりなほどに整っていて……。

オレは、呆然と彼に見とれてしまいながら思う。

……まるで作り物みたい……なんて綺麗な人なんだろう……？

長い睫毛《まつげ》の下から不思議そうにオレを見つめてくる瞳は、淡い水色から紺碧《こんぺき》に近い色までの不思議なグラデーションを描くブルー。まるで……。

「……氷河みたいな色だ……」

オレの唇から、勝手に呟きが漏れた。彼は目を丸くして首を傾げる。

「もしかして、僕の瞳の色のこと？」

彼の言葉で、オレはハッと我に返る。

「ああ、ごめんなさい！　失礼なことを言っちゃった！　比喩《ひゆ》にしても変ですよね！」

オレは赤くなりながら言う。

「ちょうど南極のことを勉強していたところで、つい！」

「失礼なんかじゃないです。僕も南極は大好き。青みを含んだ氷河の色、とても美しいと思うし」

彼が言って、楽しそうに笑う。まるでお人形みたいに完璧に整った美貌が、こんなふうにするとなんだかいたずらな少年みたいに見える。オレは一瞬見とれてしまってから、まだ名前すら名乗っていなかったことに気づく。

「あ、オレはミナト・クラハラ。日本の大学に通う学生です」

「僕はルシアス・ディ・アンジェロ。堅苦しい響きの名前なので、ルーカと呼ばれています」

「それなら、ルーカさんって呼んでいいですか？」

「ルーカでけっこうです、クラハラくん」

「あ、オレも名前で呼んでください、ミナトって」

彼の顔にばかり見とれてしまっていたオレは、改めて彼の服装を見直す。彼の身長はオレとほぼ同じくらい。だけど一回りほっそりとしている感じで、モデルさんみたいに都会的だ。だからすごくスタイリッシュに見えていたけど……よく見ると着ているのはごくごくシンプルな白の綿シャツとジーンズ。その上に羽織っているのは、白衣。オレは親しみを感じてしまいながら、

「この大学の学生さんですよね？　オレ、日本の大学を二年生まで修了したら、この学校を受けようと思ってるんです」

オレが言うと、彼は少し戸惑ったような顔で、

「僕はもう卒業しているので、学生ではないんです」

「すごく若く見えるけど、もう大学を出てるんですか。もしかしてスキップして、ここに留学してるとか？」

「二十三歳です。ケンブリッジ大学の大学院までスキップで卒業して、今はこの大学の古生物学研究室で働いています」

「わあ、年上なんだ！　……っていうか、あなたの方が年上なんだから、そんなに礼儀正しい英

語でしゃべらなくていいです！」

オレが言うと、ルーカは少し困ったように笑って、

「堅苦しいかもしれませんが、この方が楽なんです。家庭教師がこういう口調だったので」

「そうなんですか。……大学で働いてるって言うと、研究室の助手さんとかですか？　オレも大学ではすごくお世話になってます。忘れそうなレポートの〆切を教えてもらったりして」

オレが言うと、彼は少し考え、

「日本風に言えば、職位は『准教授』というものになるのかな？　取材旅行や公演で世界中を飛び回っておられる教授の代理で講義をすることもありますが、まだまだ勉強中の身です」

「えっ？」

オレは少し考え、それからやっと理解する。

「こ、この大学の准教授？　二十三歳の若さで？」

……こんなに綺麗なだけじゃなくて、そんなに頭がいいなんて……！

「やっぱり世界は広い！　こんなすごい人もいるんだね！」

「そんな……僕は、ただの変わり者です。誰も知らないようなマニアックな恐竜の化石標本のレプリカが、とても気に入っているし……」

ルーカが言って、その綺麗な顔に苦笑を浮かべる。

「もしかして、アンフィコエリアス・フラギリムスのことですか？　ポスターがあったけど……」

オレが言うと、ルーカは驚いた顔になって、

「会いに来てくれたのですか？　観光をしていて迷い込んだわけでなくて？」

彼の言葉に、オレは思い切りうなずく。

「もちろん、そんな名前を聞いちゃったら、会いに来るに決まってます！　だって、一番好きな恐竜だもん！」

「……本当ですか？　なんだか感激しました」

ルーカは嬉しそうに笑いながらオレの手を取り、部屋の中を歩き始める。

「こっちです。ご案内します」

ふわ、と鼻をくすぐったのは、うっとりするようなすごくいい香り。グリーンと何かの花の香りを淡く混ぜたような清々しい感じが、彼の透明感のある容姿によく似合ってる。

「すごい建物ですね」

オレは周囲を見回しながら言う。

床に張られた大理石は、たくさんの学生達の靴によって表面が削られている。漆喰《しっくい》が塗られた壁にはところどころ細かいヒビが入り、不思議な模様を描いている。雰囲気があって美的な感じもするけど……なんだか学校というより、廃墟に紛れ込んでしまったかのようだ。

……何よりも、この人があんまり美形すぎて、まるで……。

歩きながら、彼がふいに振り返る。その綺麗な顔に笑みを浮かべていきなり言う。

「もしかして、僕のことを幽霊みたいだと思っていますか？」

いきなり言い当てられて、オレはたじろいでしまう。

「え？　あ、いや……ええと……」

「ミナトは本当に素直ですね。顔に全部出ています。……残念ながら僕は幽霊じゃないですが、そういうミステリアスなもの、すごく好きですよ」

ルーカは言いながら進み、廊下の突き当たりにあるドアの前で立ち止まる。錆び付いた鉄でできたそれは見上げるほど大きく、まるで古い倉庫の入り口みたいに見える。

ルーカはにこりと微笑み、ポケットから錆び付いた小さな鍵を取り出す。それを鍵穴に差し込んで回すと、微かな音がして解錠されたのが解る。ルーカが押すと、ギギイ、という大きな音を立てて、ドアがゆっくりと開く。

天窓から、夕方が近いことを示すオレンジ色の光が斜めに差し込んでいる。光の帯の中で埃がキラキラと舞っているその下にあるのは……。

「うわああ！」

思わず叫んだ俺の声が、高い天井に大きく響く。

「アンフィコエリアス・フラギリムスだ！」

飾られていたのは、見たこともないほどの巨大な骨格標本。

「こんなに大きい恐竜が、この地球上に存在したかもしれないなんて……！」

二メートルはあるであろうその頭蓋骨、ギザギザの歯が並んだ巨大な顎。まるでジェットコースターの線路みたいに長い、うねった頸椎《けいつい》。丸みを帯びた肋骨《ろっこつ》に、巨大な大腿骨《だいたいこつ》、そしてまた遠くまですらりと伸びる見事な尾椎《びつい》。

「……すごい……綺麗……！」

オレは骨格標本の周りを歩きながら、思わず呟く。頭蓋骨の脇に立ったルーカが、恐竜の顔を見上げながら微笑む。

「綺麗だって。よかったね」

その優しい顔に、この人は本当に恐竜が好きなんだろうなと微笑ましくなる。

オレは時間を忘れて、ゆっくりと周囲を巡る。

「こんなに巨大な生物が、この地球上に生きていたなんて、ものすごく感動します！」

「はい。大きくて、強いです。人間なんか比べ物にならないほど」

ルーカの声が、高い天井に響く。

「それ、オレもずっと思ってました。恐竜に比べると、人間って小さいなあって。だから悩みとか、気にすることないような気がしてくるんです。……もっと近くで見てもいいですか？」

オレが言うとルーカは心の底から嬉しそうに微笑んでうなずく。

「もちろんです。あ、すごくこだわったのは腰骨の角度で……これによって、生きていた時によくしていた姿勢がわかるんです。例えばティラノザウルスは……」

ルーカの解説はすごく面白くて、オレは夢中になってそれを聞いた。それから二人で何周も回ってその堂々とした恐竜の化石のレプリカを堪能し……満足した頃には子供の時のように鼓動が速くなってしまっていた。

「本当に綺麗ですごかったです」

「そう言っていただけて嬉しいです。頑張って作ってよかった」

彼の言葉に、オレはまた驚いてしまう。

「作った？　あなたが？」

「もちろん、上司である教授には助言をいただきましたし、組み立てにはたくさんの人の助けを借りましたが……骨の一つ一つを成形したのは僕です」

彼はまるで少年みたいに頬を染めながら言う。

「ご存知のとおり、アンフィコエリアス・フラギリムスの脊椎骨《せきついこつ》は、発掘されたコロラド州からニューヨークのアメリカ自然史博物館に輸送途中で紛失してしまったと言われています。残されていたのは発見者のスケッチのみ。なので、すべてがでたらめでそんな恐竜は実在しなかったのだとする研究者も数多くいます」

ルーカは少し悲しげな声になり、それから、

「でも僕は、それが実在したのだと信じたかったんです。残されたスケッチをもとにまずは脊椎骨のレプリカを作り、世界中にある恐竜の化石や現存する鳥類や爬虫類から骨格データを取り、それを分析してほかの部分をデザインしました」

ルーカは骨格を見上げながら、

「アンフィコエリアス・フラギリムスが実在したのなら、これに似ている可能性がかなり高いのではないかと僕は思っています」

「……すごい……なんて才能だろう……！」

オレは呟き、感嘆の気持ちで彼を見つめる。

「あなたって、本当にすごい！」

「実は、この子にはモデルがいるんです」

その言葉に、オレは首をかしげる。

「モデル？　ええと、脊椎骨が見つかったのは知ってるけど……ほかにも別の部分が発見されたんですか？」

「そうではなくて。全身の化石を目撃したという証言があって、スケッチが残されていました」

「ええっ？」

オレはその言葉に本気で驚いてしまう。

「それって、どこで目撃されたんですか？」

「教えてあげてもいいけど、秘密にしてくださいね。……できますか？」

いたずらっぽい口調だけれど……こんなに美しい顔の彼に言われると、本当にそれはすごい秘密みたいな気がしてきて……。

「う、うん、できます」

「それなら教えてあげます」

ルーカはオレの耳に口を近づけて、ため息みたいな声で囁く。

「南極です」

「……っ」

耳たぶにかかった息がくすぐったくて、オレは身体を震わせる。その一瞬のうちに、彼は身体を引いて、オレに微笑みかける。

「なんて」

オレは一瞬呆然とし、それから、

「そんな冗談を言うなんて！　本気にしたじゃないですか！」

思わず笑ってしまいながら言う。

「でも、南極ってすごく神秘的だから……本当にそんなことも起きそうな気がします！」

「ふふ、たしかにそうですよね」

「でも……本当にそんなものがあるなら、絶対に見てみたい……！」

オレは言い……それからかなり長い時間ここにいたことにふと気づく。窓から差し込む光が、もうかなり暗くなってきていたんだ。

「長居してしまってごめんなさい。そろそろ帰らなきゃ」

オレの言葉に、ルーカは目を見開く。

「もう？」

「うん、約束があるんです」

ルーカはなんだかちょっと寂しそうな顔になって、

「せっかく、この恐竜のことをよく知っている人に会えたのに」

「オレも、もっと話していたいけど……」

「僕、お茶を入れるのがけっこう得意なんです。ちょうど、英国からいいアールグレイが届いたばかりです。一杯だけ、お茶をご一緒しませんか？」

「うわあ、魅力的。だけど……」

オレは腕時計を確認し、エンツォと約束していた時間を過ぎていることに気づく。

「もう、約束の時間を過ぎてるので……急いで帰らなきゃ」

オレは言い、ルーカに右手を差し出す。

「本当にありがとうございました。すごく感動しました」

オレが言うと、ルーカはにっこりと笑ってオレの手をキュッと握ってくれる。彼の手は柔らかくて、驚くほど華奢で、人形みたいに完璧な容姿に似合ってひんやりと冷たい。

「よかった。恐竜の骨格標本なんて、怖がる人も多そうだから少し心配だったんですが」

「そんなこと！　オレ、海の生き物も好きだけど、古代の生き物も大好きだから！」

オレは言い、それからすごく名残惜しい気持ちになりながら、

「ええと……オレ、頑張ってヴェネツィア大学の入学試験に合格します。もしも入学できたら、またあなたにも会えますか？」

「ええ」

彼は、その綺麗な顔に優しい微笑みを浮かべながら言う。

「すぐに、また会えますよ」

「どうもありがとう。オレ、日本で受験勉強を頑張ります！」

「それより……」

ルーカがちょっといたずらっぽい顔になって言う。

「帰ったりしないで、このまま、ここに住んでしまったら?」

「ここ?」

「そう、ここ」

ルーカはにっこり笑ってうなずく。オレは、

「ああ……ヴェネツィアに住めば、ってことですね? オレも、ヴェネツィアに住んで勉強ができたらどんなにいいかって思うんですけど……」

……そうできたら、エンツォとも今より少しは多く時間を過ごせそうだし……。

オレはちょっと思ってしまうけど……。

……ダメだってば。そんなことしたらただの蜜月状態になって、ますます受験勉強が遅れてしまう! それに……。

「でも、まだ大学の授業があるんです。取らなきゃいけない単位も残ってるし。それに、ちゃんと二年まで修了しないと、この大学への入学許可がもらえないんですよね」

オレが言うと、ルーカはオレから目をそらす。

「ごめんなさい。僕、同じような世代の友人がいないんです。ヴェネツィアに来てすぐに准教授になってしまったし……だからつい、ミナトがここにいたら楽しいだろうなって」

伏せられた長い睫毛が寂しげで、オレの胸がズキリと痛む。

「それなら大丈夫です！」

オレは手を伸ばし、ルーカの両手を握り締める。

「オレ、絶対に入学試験パスします！　そうしたらヴェネツィアでたくさん遊びましょう！　観光地はもちろん、美味しいイタリアンやスイーツの店も、たくさん調べてあるし！」

「本当に？　案内してくれますか？」

ルーカは言って目を輝かせる。オレはうなずいてから、ふと苦笑して、

「もちろん！　あ、でも……オレ、ヴェネツィアでは、小さい島にある知り合いの別荘に泊まったままになっちゃうことが多くて、町中を一人で歩いたこと、ほとんどないんです。だからガイドブックで調べてるだけでまだ実際に行ったことはないんですけど……」

「それなら二人で行きましょう」

ルーカは綺麗な水色の瞳でオレの目を真っ直ぐに覗き込んでくる。

「楽しみにしています」

「うん！　そのためには日本での勉強も頑張らなくちゃ」

「そうですね。それなら、今日はこれで。……この校舎内はとてもわかりづらいです。中庭まで案内しましょう。ついてきてください」

言って踵《きびす》を返し、小走りで部屋を突っ切って廊下へのドアを開ける。

「あ、ちょっと待って！」

オレは巨大な化石のレプリカを振り返り、それを目に焼き付ける。

……ああ、本当に名残惜しい！　けど、合格したらまた会いに来るからなっ！

心の中で恐竜に呼びかけ、それから、慌てて彼の後を追いかける。……けど。

「待って、速すぎます！」

ほっそりとしておとなしそうな見た目に似合わず、ルーカはすごく足が速かった。オレが部屋を出ると、彼はもう廊下の先の角を曲がったところだった。

「待って、また迷っちゃう……っていうか、これ、何かのゲームなんですか？」

オレが叫ぶと、軽い靴音に混ざってくすくす笑う声が遠ざかっていく。

「うわあ、もう！」

オレは笑ってしまいながら走る速度を上げる。オレは大学のバスケ部でトレーニングしてるし、足の速さにはかなり自信があったんだけど……。

「こっちです、早く」

声がして、ルーカの着ている白衣の裾が、曲がり角のところでふわりと翻《ひるがえ》る。

「待って、また迷っちゃうから……！」

オレは焦《あせ》りながら、廊下の角を曲がり……。

「え？」

目の前に続く長い廊下、そこにいるはずのルーカの姿はどこにもなくて……。

……消えた？

うっすらと汗ばんだ背中に、ひやりとしたものがよぎる。

……まさか……でも……。

「驚きましたか？」

「うわあ！」

いきなり後ろから声がして、オレは思わず声を上げる。振り返ると、ルーカが楽しそうに笑っていた。

「この旧校舎には、創立者のいろいろな遊び心が生かされていて、こんなところに隠し扉もあるんです」

「へ？」

驚いて振り返ると、漆喰で塗られた廊下の壁の一部に、ぽっかりと穴が空いている。中は狭い部屋になっていて、空の段ボールとか雑多な物が放り込まれていた。

「驚いた。あなたが消えたかと思った」

オレは言いながらも思わず微笑んでしまう。

……綺麗な顔に似合わずいたずらっぽいところが……なんだかちょっと可愛いかも……。

「このドアを開ければ、中庭の回廊に出られます」

ルーカが示してくれたのは、廃屋にでもありそうな古びたドアだった。昔は重厚だったであろう木のそれはニスが剝《は》げ、ドアノブはすっかり錆びていて、握るとざらりと不快な感触がした。

オレはノブを回して重いドアを押し開く。蝶番《ちょうつがい》が錆び付いているみたいで、キキイ、と不愉快な音がして、背筋が寒くなる。

「うわあ、こんな重いドアから出入りしてるんですか？　大変だ」

思い切り押してやっと開いたドアの隙間から、いきなり強い風が吹き込んできた。砂埃まじりのそれに、オレは思わず目を閉じる。

「うわ！」

一瞬遅かったみたいで、目が強く痛む。

「いて。目に、砂が入ったみたい」

オレは慌ててジーンズのポケットからハンカチを出し、溢《あふ》れた涙をそれで拭う。痛みがなくなったことにホッと息をつきながら、

「はあ。痛かった。でももう大丈夫……」

振り返ったオレは、驚いて言葉を切る。

「あれ？」

そこにいたはずの彼が、こつ然と姿を消していた。さっきの隠し扉も開いたままだし……。

「ルーカ？　どこ？」

オレの声が、高い天井に大きく響く。耳を澄ませても、どこからも返答がない。あんなに綺麗な人だったからか、彼がふいに溶けてしまったかのような気がして思わず青ざめる。

「もしかして、またオレを驚かせようとして隠れてる？　でもオレ、もう帰らないと……」

オレは言いながら周囲を見渡し、いつの間にか周囲がかなり暗くなっていることに気づく。いかにも歴史のありそうな古い校舎は、暗くなってくると、本当に……。

……なんだか、お化けでも出そう……。

「ルーカ、オレ、帰ります！　また会いましょうね！」

オレは叫ぶけれど、どこからも返答がない。

……まるで、さっきまでのことが全部夢だったみたい……。

背筋を冷たいものが走る。知らずに歩調がだんだん速くなり、いつの間にかオレは走り出していた。そうすると、今度は何かに追われているような気がしてきて……。

……何してるんだろう、オレ？　子供じゃないのに……！

自分の足音が、複雑な形の回廊に大きく反響する。まるでそれが何人かの足音にも聞こえてきて……なんだか、本当に追われているみたいで……。

ヴェネツィア大学はエンツォの母校だし、オレがずっと進学を希望して頑張っていたところ。なのにどうして、こんなに不吉な感じがするんだろう？

ふいに、アマゾンでカルト宗教の幹部にさらわれ、殺されかけた時のことが頭をよぎる。とても不気味だった『ドミネ・デウス』の儀式。毒薬を注射された時の痛み、身体がまったく動かなくなった感覚。そして、心臓に向けられたナイフ。

……もしもあの時、エンツォが助けに来てくれるのがほんの少し遅かったら、オレは今頃生きてはいなかった。そして……？

『ドミネ・デウス』は、若い男をさらって殺し、その死体にエンバーミングを施してそれを崇拝するという、信じられないほど危険なカルト宗教。オレをさらった犯人達は逮捕されたけれど、オレを次の本尊にするつもりだったと揃って証言しているらしい。

……もしもエンツォが助けてくれなかったら、オレは今頃ほかの被害者達と同じようにエンバーミングを施され、彼らの教会の壁に飾られていたかもしれなくて……？

あの事件で『ドミネ・デウス』の司祭と幹部三人は逮捕されたけれど、それによってあの組織がいかに強大だったか、そして政界や経済界にいかに深く食い込んでいるかが明るみに出た。

……幹部達は逮捕されているけれど、『ドミネ・デウス』を密かに信仰している人間は今でもこの世界中にたくさんいる。もしかしたら、今もオレは狙われているかもしれなくて……？

考えただけで全身から血の気が引く。周囲に迫る闇の中から、誰かがオレを見ているような気がしてきて……。

……エンツォ……！

愛おしい恋人の顔を思い出して、本気で泣きそうになる。オレがちゃんとSPと一緒にいれば、今頃は屋敷に戻って、エンツォと再会できていたはずで……。

……エンツォ、今すぐに会いたい……！

オレは必死で走りながら、強く思う。

……今すぐに、オレを迎えに来て……！

そう思った時、いきなり腕を強い力で摑まれた。そのまま柱の陰に引き込まれて、オレは真っ青になる。

……まさか、『ドミネ・デウス』の残党が、オレを……？

「離せ！　オレはエンツォのところに帰るんだ！　おまえらなんかに捕まってたまるか！」

オレは叫び、必死でその手から逃れようと暴れて……。

「ミナト！」

暗がりに響いた声に、オレはハッと我に返って動きを止める。

「どうした？　何かあったのか？」

ぎゅっと閉じていた目を、ゆっくりと開く。

そこに立っていたのは、逞《たくま》しい長身を仕立てのいいイタリアンスーツに包んだ、見とれるほど麗しい男性。

艶のある黒い髪。陽に灼《や》けて引き締まった頬。

凛々しい眉とすっと通った高貴な鼻筋。

形のいい、男っぽい唇。

きっちりと刻まれた奥二重、そして長い睫毛の下からオレを見つめる……美しい菫色《すみれいろ》の瞳。

その瞳を見つめ返すだけで、オレの心臓が壊れそうなほど速い鼓動を刻む。

「……エンツォ……」

そこにいたのは、オレが心から愛する恋人、エンツォ・フランチェスコ・バルジーニだった。

「急に腕を摑んだりして悪かった。何度か呼んだのだが、君は走るのに必死で、耳に届かなかったようだった」

彼が言い、何かから守るようにオレを抱き締める。芳《かぐわ》しい彼のコロンと微かな潮の香りが、鼻孔をくすぐる。

「いったい、何から逃げていたんだ？　追ってくる足音は聞こえないようだが……」

逞しい腕、彼の香り。しっかりと守られる感覚に、座り込みそうなほどホッとする。

……ああ、何やってるんだろう、オレ？

オレはエンツォのあたたかい胸に額を押し付けて、ため息をつく。

……あの事件はもう一段落したんだ。オレを本尊にしようとしていた首謀者も捕まった。時間はかかりそうだけど、『ドミネ・デウス』は危険な団体として各国政府からマークされ、このまま消滅するはずで……。

そう思ったら、さっきまでの怖がりようが、なんだか滑稽《こっけい》に思える。

……お化け屋敷に怯える子供じゃないんだから。何してるんだよ、オレ？

オレは思わず苦笑してしまいながら、

「この建物、歴史がありそうだから、ちょっと不気味だなとか思っちゃって……そうしたら、なんだか怖くなっちゃって……」

「何かに追われていたわけではない？」

エンツォが言って、オレの顔を覗き込んでくる。オレは頬が熱くなるのを感じながら、

「大丈夫。追われたりはしてないよ」

オレが言うと、エンツォが心からホッとしたように深く息をつく。

「会社から屋敷に戻る途中で、構内で君を見失ったという連絡がＳＰから入ったんだ。すぐにこ

こに駆けつけて、ずっと探していたのだが……」

エンツォの本当に心配そうな声。罪悪感に胸がズキリと痛む。

「こんな歴史のありそうな建物はすごく珍しいし、あなたの母校でもあると思ったら、ついつい探検に夢中になっちゃって……心配かけてごめんなさい」

俺を真っ直ぐに見つめるエンツォの顔に、ふと優しい笑みが浮かぶ。

「素直に謝れたね。いい子だ」

エンツォの手が上がり、指先が頬をそっと滑る。それだけで、オレの鼓動がどんどん速くなってしまう。だけど……。

「あ！　SPの人達やセルジオさんに連絡をしないと……！」

「少し待って」

エンツォはスーツの上着の内ポケットからスマートフォンを取り出し、どこかに電話をかける。

「ミナトが無事に見つかった。正門前にリムジンを回してくれ。それから、父にも彼が見つかったと連絡を。……ああ、ありがとう」

短く言って、電話を切る。

「SP達も心配して、学内中を探していた。君が無事だったと聞いてとても安堵《あんど》していた」

エンツォがスマートフォンを上着のポケットに戻しながら言う。

「ごめんなさい。いつの間にかはぐれちゃってて……」

「しかし、こんなところに迷い込んでいたなんて」

言って、周囲を見渡す。

「これでは、探してもなかなか見つからないはずだ」

「こんなところ？」

「ああ。この旧校舎は、私が在学していた頃にはもう使われていなかった。いろいろな不気味な噂もあって、血気盛んな学生達すらも怖がって近寄らなかったくらいだ。老朽化が進んで取り壊しの計画が進んでいたのだが……まだ残っていたなんて」

「えっ？　でも、ちゃんと使われてる場所があったよ？　講義室というより、展示室？　大きくて、まるで博物館みたいだったけど……」

オレの言葉に、エンツォがいぶかしげに眉を寄せる。

「博物館？」

「うん、すっごい化石とか、骨格標本とか……あと、オレが大好きなアンフィコエリアス・フラギリムス！」

「アンフィコエリアス・フラギリムス？　君が大好きな、幻の巨大恐竜だね。そんなものが、この旧校舎の中に？」

エンツォは言い、夕闇の中でさらにお化け屋敷みたいに見える建物を見上げる。

「私が卒業した後に、補強工事をしたのだろうか？」

「そうなんじゃない？　だって普通に人がいて、案内もしてくれたんだよ。まだ若いのに、ここの准教授だって言ってた」

エンツォの頬がぴくりと引きつったのを見て、オレは笑ってしまう。

「嫉妬《しっと》したらダメだよ？　ルーカとは、友達になったんだから」

「ルーカ……？」

「ああ……それはあだ名だった。本名はルシアスだって」

「ルシアス、そして若い准教授か。もしかしてその人のフルネームは、ルシアス・ディ・アンジエロ？」

いきなり言い当てられてオレは驚いてしまう。

「そうだよ。彼ってそんなに有名なの？」

オレが聞くと、エンツォは小さく笑みを浮かべて、

「たしかに有名かもしれないが……ルシアスとは以前からの知り合いだ」

ルーカの名前を呼ぶその声がやけに優しくて、オレはちょっとどきりとする。

「ええと……あなたとルーカって……？」

「彼は、私の親友の弟なんだ」

あっさりと言われた彼の言葉に、オレはホッとしてしまう。だって、ルーカはすっごく綺麗で……ちょっとだけ、「以前つきあっていた」とか言われたらどうしよう、なんて考えが頭をよぎっちゃったんだ。

「親友の弟さん？」

「ああ。親友はヴェネツィアの屋敷にもよく遊びに来ていたのだが、可愛がっていた弟……ルー

カを何度も連れて来た。父やブルーノ叔父も、ルーカのことが大のお気に入りだったよ」

「なんだか微笑ましいなあ」

「ルーカと最後に会ったのは、私が君くらいの頃かな。彼はまだ中学校に上がったばかりだったと思う。それからいろいろあって音信が途絶えていたのだが……一年ほど前にもらった手紙に、ヴェネツィア大学の准教授になったと書いてあって驚いた」

エンツォは優しい顔で微笑んで、

「もともと、とても頭のいい子だったんだ。機会があったら連絡をしようと思っていたのだが、なかなか時間が取れなかった。君が先に会ってしまうなんて、不思議な縁だな」

「ルーカはとっても元気だったよ。それにすごく綺麗で、親切だった。オレにアンフィコエリアス・フラギリムスの骨格標本のレプリカを見せてくれたんだ。ものすごく大きくて、精巧で、まるで本物みたいだった！」

オレは思わず興奮してしまいながら言う。

「オレ、絶対にヴェネツィア大学の入学試験に合格する！　そしてルーカと、もっと仲良くなるんだ！」

エンツォが笑いながら、

「きっとそうなれる。時間ができたら、私も会えるといいのだが」

「もしかしたら、まだ研究室にいるかもしれないよ。探しに行く？　いや……道案内をできる自信はないいんだけど……」

オレは言うけれど、エンツォは腕を上げて時計を見下ろして、

「またの機会にしよう。そろそろディナーの時間だ。せっかくスー・シェフのガルシアに来てもらっているのに待たせてしまっては申し訳ない」

「来てもらってる？」

オレは首を傾げてしまいながら、

「これからバルジーニ家のお屋敷に行くんじゃないの？　あ、そういえば……！」

オレはポケットからスマートフォンを出し、メールをチェックする。そこには……。

「うわ、あなたやSP、そしてセルジオさんからの着信がたくさん！　あと、セルジオさんから『無事に見つかってよかった。早く戻っておいで。ディナーを楽しみにしている』ってメールが入ってるよ。SPから連絡が行ったんだね」

オレはため息をつきながら前髪をかき上げて、

「はあ……いろんな人に心配かけちゃった。本当に反省」

「反省した？」

美しい菫色の瞳で見つめられたら、もうごまかしの言葉なんか言えなくなる。

「……うん」

エンツォの唇にまた笑みが浮かぶ。それはさっき見たのよりも、もっと優しくて、甘くて……。

「素直ないい子だ」

エンツォの手が、オレの腰に回る。そのまま、柱の陰に引き寄せられる。

「会いたかった」

低く囁かれて、エンツォの端麗な顔が近づいてくる。

「……あ……」

オレは思わず目を閉じそうになり……慌てて、

「ちょっと待って！　ここは学校だよ？　神聖な場所だよ？　キスなんかしたらダメだよ！」

「ここには誰も来ない。それに……」

エンツォはやけに真面目な顔で、

「学生時代の私は、勉強一筋の真面目な堅物だった。神聖な学舎の中で、数年後にこんなことをするなんて想像もしていなかったな」

「こんな悪いことをして、ちょっとドキドキする？」

つい笑ってしまいながら言うと、エンツォは微笑んで、

「自分がこんなふうに誰かに夢中になるなんて、あの頃は想像もしていなかった」

エンツォが言って、オレの額にそっとキスをする。

「愛している、ミナト。私がこんなふうに生きる悦《よろこ》びを感じられるのは、君のおかげだ」

彼の真摯な囁きに、胸が熱くなる。

「オレも愛してる。オレのすべてを変えてくれたのは、あなたなんだ」

囁いて思わず目を閉じたオレの唇に、ふわりとあたたかなものが重なってくる。

……エンツォの唇……。

ずっとずっと待ちこがれていたエンツォとのキスに、オレの心が蕩けそうに熱くなる。

……ああ、やっとオレたちのバカンスがまた始まるんだ……！

エンツォ・フランチェスコ・バルジーニ

「ヴェネツィアって、綺麗なだけじゃなくて、なんだかミステリアスだよね」

湊《みなと》が言い、瓶に入ったままのガス入りのミネラルウォーターを一気に飲む。反らされた喉のラインがやけに色っぽく見えて、じわりと胸が熱くなる。

滑らかに陽焼けした頬、少し気の強そうな眉と、細い鼻梁。

長い睫毛の下の煌めく瞳と、艶のある髪は、とても美しいブラウン。

少年の面影を残していた横顔は、また少しだけ大人に近づいてきたようだ。

いかにもスポーツが得意らしく引き締まった身体。スッと背を伸ばした姿は若い侍《さむらい》のように凛々しいが、私の腕の中では、彼は熟した果実のように甘く蕩けてしまう。

少年のように純情な心と、大人になりかけの身体の危ういバランス。

私の恋人は……いつでも、こうして見とれるほどに美しい。

勢いよく瓶を傾けすぎたせいで、飲みきれなかったミネラルウォーターが彼の口元から溢れる。

月明かりに煌めきながら滑らかな肌の上を流れ、無造作に着たバスローブの襟元に滑り込んでいく。襟元から、私がプレゼントした金色の鎖がわずかに覗いている。その先には、バルジーニ家の跡取りの花嫁である証《あかし》の、金色の鍵があるはずだ。そして彼の左手の小指には、シンプルなシグネットリング。婚約指輪の代わりに贈った、私の独占欲の証だ。

「ぷは！　ガス入りのミネラルウォーターって、お洒落だけど、なかなか慣れない。またこぼしちゃった！」

苦笑しながら言って、手の甲で無造作に口元を拭う。

「子供みたい。格好悪いかも」

恥ずかしげに染まる美しい顔には、照れたような笑み。月明かりに煌めく濡れた肌と、少年のように無邪気な表情。その対比が、凶悪なほどに色っぽい。

私達がいるのは、ベッドルームに併設された広いベランダ。暗いアドリア海の向こうに、煌めく宝石のようなヴェネツィア市街の夜景を見渡せる。

アドリア海上、ヴェネツィア干潟近辺には、数えきれないほどの島が点在している。観光地として有名ないくつかの島のほかに、個人所有の場所も存在する。そしてここは私が所有する島、二人のために建てた、小さいが贅沢《ぜいたく》な別荘だ。

父は私達が本島にあるバルジーニ家の屋敷に戻るだろうと思っていたようだが、湊との大切な時間は一秒も無駄にしたくない。私は湊を桟橋から高速船に乗せ、この島にさらってきた。父の古くからの友人達に連絡を入れておいたので、今頃は宴会になっているはず。用意された豪華なディナーは無駄にはならなかっただろう。

私達の食事は、スー・シェフのガルシアが用意しておいてくれた。本家のシェフに負けないほどの腕を持つ彼のイタリア料理は素晴らしく、私達はディナーを堪能した。その後でゆっくりとシャワーで汗を流し、今はアドリア海を見渡せるテラスでくつろいでいるところだ。

「ヴェネツィア大学に行って、ますます思った。本当に不思議で、素敵な街だよね」

湊は微笑み、デッキチェアの上で無造作に片膝を抱える。彼の肌をするりとバスローブの布地が滑り、美しい形の脚が上の方まで露《あらわ》になる。そこだけ陽灼けをしていない、柔らかそうな内腿。形のいい膝と、すらりと伸びたしなやかな臑《すね》、細く引き締まった足首。風呂上がりのせいか、爪先が桜貝のような淡い色に上気している。

……こんなふうに見とれるように美しいのに、まったく自覚がない。いつでも本当に無防備で、とても心配になる。私に襲いかかられたら、どうするつもりだろう？

私は内心ため息をつきながら、彼の姿からそっと目をそらす。少年の脆《もろ》さと、熟しかけの果実のような甘さのバランス。会うたびに増す匂い立つようなその色気に、目眩《めまい》がしそうだ。

……湊は、日本から到着したばかり。しかも空港に降り立ったその足で大学の見学までして、とても疲れているはず。

私は思いながら、グラスに残ったミネラルウォーターを飲む。

……彼がどんなに色っぽくても、襲いかかったりしてはいけない。今夜はきちんと寝かせて、休ませてやらなくては。

「ヴェネツィアは、とても複雑な歴史を持つ街だ。たしかにミステリアスかもしれないね」

私が言うと、湊は夜景から私に目を移す。

「うん、街並みとかもたしかに重厚だし……今日、ルーカに出会って、ますますそう思った。ヴェネツィアみたいに本当に綺麗で、そしてミステリアスな人だったんだ。でも……」

湊は言いかけて言葉を切り、それからクスリと笑う。

「ちょっと子供みたいだった。隠れてオレを脅かしたり、いきなり走り出してオレを置き去りにしたり。昔からそうだったの？」

言われて、私はルシアスの子供時代を思い出す。

「昔は、どちらかといえば引っ込み思案なイメージだった。人見知りで、いつもコンスタンティンの後ろに隠れてばかりだった。だが慣れてくると人懐こかったし、いたずら好きだった」

「そうなんだ。なんだか可愛いね」

湊は言い、ふと何かに気づいたように私を見上げる。

「あなたの親友って、コンスタンティンさんって言うの？　あなたはよく友達の話をしてくれるけど、その名前は初めて聞いたかも。どんな人？」

無邪気な質問に、胸の奥がズキリと痛む。

……そういえば、彼の話を、湊にしたことがなかった。

私は、最後に会った時のコンスタンティンの笑顔を思い出す。「ルーカは本当に可愛らしいから、いつも心配なんだ」と言っていた、おおらかなあの声も。

……本当なら、ルシアスにももっと早く会うべきだった。だが、それができなかったのは、まだあの事件のことが心の中で整理できないせいで……。

「あ、ええと……」

私の複雑な心を読んだのか、湊が慌てたように言う。

「最近はあんまり仲が良くないとかだったら、別に……」

「彼の話は、そのうちに。少し長くなりそうなんだ」

私の口から、勝手に言葉が漏れる。湊は勢いよくうなずく。

「うん、わかった。それなら、ええと……もうベッドルームに行く？」

その言葉に、私はグラスをテラステーブルに置いて立ち上がる。

「そうだね、君は長旅で疲れているだろう。そろそろ寝ようか」

湊は私から目をそらしたまま、瓶をテーブルに置く。

「……あの……そういう意味じゃなくって……」

彼の美しい形の耳たぶがバラ色に染まっていることに気づき、鼓動がますます速くなる。

……私がどんなに必死で我慢をしているか、きっと微塵《みじん》も気づいていないに違いない。

「では、どういう意味？」

少し意地悪な気持ちになってしまいながら言うと、湊は動揺したように頭を振って、

「ううん、なんでもない！　もう寝よう！　なんか眠くなっちゃった！」

頬を染めながら言い、目をそらしたまま私の脇を早足で歩き抜けようとする。その腕を掴み、

引き寄せる。ほっそりと心地いいその感触、バスローブ越しに伝わってくる速い鼓動。

「本当に眠い？」

囁くと、彼の身体がぴくりと震える。バスローブの胸元に、ミナトの柔らかな頬が押し付けられている。彼の漏らした小さなため息が、私の肌を熱くくすぐる。

「……ほんとは……眠くない……」

かすれたその囁きだけで、私は何も考えられなくなってしまう。彼の身体を抱き上げ、驚いたように見上げてきた彼に囁く。

「それなら朝まで離さない。いいね？」

湊の美しいブラウンの瞳に、私が映っている。

彼の目の中の私は、激しい恋に堕《お》ち、相手を心から欲している男の顔をしている。

「うん、朝まで、離さないで」

腕の中の湊は、どこか切なく甘い目をして私を見上げている。

愛している、と囁かれている気がして、胸が熱く痛む。

……ああ、私達のバカンスが、やっとまた始まったんだ……。

倉原湊

「君が姿を消したと聞いて、本当に心配した」

エンツォが、オレのうなじにキスをしながら囁く。

「二度としないように、今夜はうんとお仕置きをしなくては」

エンツォは抱き上げて運んだオレをベッドに押し倒し、バスローブと下着を一気に剝ぎ取った。

いつもみたいに胸に抱き締め、キスをしてもらえるかと思ったのに……。

「……あ……エンツォ……！」

エンツォは横向きになったオレを後ろから抱き締め、オレの胸に両手を滑らせている。エンツォはまだバスローブを着たまま。だけど背中に触れている体温を感じるだけで……。

「鼓動がとても速い。それに肌がとても熱いな」

胸を滑った彼の指先が乳首を見つけ出し、焦《じ》らすようにそっと撫でる。

「……あ……っ」

「発情している？」

耳元で囁かれ、乳首の先をくすぐられる。ほんの軽い刺激なのに、身体がものすごく熱くなる。

「……あぁ……っ」

両方の乳首を同時にキュッと摘《つま》み上げられて、オレの背中が反り返る。

「……そこばっかり……ダメ……っ！」

「ダメ？　本当に？」

エンツォがオレの首筋を甘噛みしながら、囁いてくる。

「こんなに硬くなって、とても気持ちよさそうなのに？」

確かめるように乳首をコリコリと揉み込まれて、我慢できない喘ぎが漏れてしまう。

「……あ、んん……っ！」

乳首への軽い愛撫だけで、オレの中心は熱を持って硬く勃ち上がってしまっている。エンツォもきっと解ってるはずなのに……焦らすようにそこに触れてくれない。

「とても久しぶりだ。君の慎ましい身体は、またヴァージンに戻ってしまっているだろうな」

エンツォが囁き、彼の手のひらが二人の身体の間に滑り込む。むき出しになった双丘の間にそっと指を差し込まれて、オレは息をのむ。

「……あ、あ……」

エンツォの指が愛撫するように谷間を滑り、深い場所に隠された蕾《つぼみ》を見つけ出す。

「……ああ……っ」

二人がつながる大切な場所。ゆっくりと確かめるように花びらを辿られて、オレは息を弾ませてしまう。

……ああ、欲しい……。

自分の中に湧き上がる、怖いほどの欲望に気づく。

……このまま突き入れて、めちゃくちゃに奪って欲しい……。

「ねだるように、震えている」

花びらを辿りながら、エンツォが囁いてくる。

「だが、まだダメだよ」

エンツォがふいに身体を離し、手を伸ばしてサイドテーブルから何かを取る。水音がしてシャンパンのグラスでも取ったのかと思うけれど……肌に垂れた水滴はなぜかあたたかい。

「それ……何？」

「潤滑用のジェルだ。君が冷たくないように、お湯に入れてあたためておいた」

「ジェル？　そんな……あっ！」

身体が抱き上げられ、うつ伏せの姿勢にされる。オレのお尻に、あたたかなものがたっぷりと垂らされる。立ち上った甘い香りは……。

「君が発情してくれるように、アップルマンゴーの香りのものを用意したのだが……」

エンツォの手のひらが、オレの双丘をそっと押し広げてくる。あたたかなジェルがとろとろと谷間に流れ……その淫らな感じと、酔いしれそうな香りに、オレは息をのむ。

「香りまでは必要なかったかな？　もう、とても発情しているみたいだ」

エンツォの指がさらにオレを押し広げ、オレの蕾に、あたたかな何かがゆっくりと流れ込んでくる。

「……ひ、あ……っ」

その刺激にオレの蕾は勝手にヒクヒクと震え、そのせいでさらにジェルが流れ込んで……。

「とても美味しそうに飲み込んでいく。君のここは、まだお腹がすいているようだね」

「……あ、やだ……」

あたたかなジェルをさらに垂らされ、指先で押し広げられて、オレは必死で喘ぐ。自分が頭を枕に埋め、腰を高く掲げたまるでねだるような格好をしていることに気づいて、急にものすごく恥ずかしくなる。

「……あったかいの……入れたら……ダメ……」

オレは枕に頬を埋め、必死で頭を振る。

……ああ、こんなふうにあったかいジェルだと……。

オレは必死で快感に耐えながら思う。

……まるで、エンツォの欲望を撃ち込まれた後みたいで……。

飲み込みきれずに溢れたジェルが、オレの双丘の間をゆっくりと滑り、腿の間まで濡れる。

……ああ……彼の蜜を溢れさせてるみたい……。

「……く、う……」

そう思うだけで、オレの屹立が一気に痛いほど反り返り、先端から先走りが溢れてしまう。

「屹立が誘うように揺れて、蜜まで垂らしている。あたたかいのが気に入った？」

エンツォの指が、ジェルを塗り込めるようにしてオレの内壁をそっと撫でる。

「まだ固いね。傷をつけたら大変だ」

「……あ、ダメ……！」

彼の指があたためられたジェルをまとい、オレの蕾の縁をそっと辿る。

「久しぶりだから、きちんとほぐすよ。イかないで、我慢できるね？」

「……そんな……あ……っ！」

オレの蕾を、彼の指先がゆっくりと愛撫する。焦らすような動きと、ヌルヌルとした淫らな刺激に、頑《かたく》なだったオレの蕾がヒクヒクと震え、ほぐされて……。

「そろそろ入るかな？　力を抜いていて」

彼の両手が、オレの双丘をキュッと押し広げる。

「……待って……オレ……あぁ……っ！」

チュプ、という濡れた音を立てて、彼の指先がオレの中に差し込まれた。

「……ふ、ああ……エンツォ……！」

「だいぶ柔らかくなってきた。もう少し、指を入れても大丈夫かな？」

エンツォの長い指がゆっくりと差し込まれ、コリコリとしている弱点を見つけ出す。

「……あ、あ……っ！」

入り口近くにある、ものすごく感じる部分。そこは、エンツォの逞しい屹立の張り出した部分が、いつも焦らすようにして擦り上げてくる場所だ。

「……ひ、う……っ」

彼の熱さを思い出しただけで、激しい射精感が湧き上がる。本当ならこのまま欲望を突き入れられ、激しく抽挿《ちゅうそう》されて、――思い切りイッてしまいたい。なのに、エンツォは指だけしかくれなくて、しかも、焦らすようにゆっくりとしか刺激してくれなくて……。

「……ああ……エンツォ……っ」

オレはシーツに頬を擦りつけ、必死で喘ぐ。溢れてしまった快感の涙が目尻を滑り、シーツにゆっくりと吸い込まれていく。

「急に蕩けるように柔らかくなった。ここが好き？」

エンツォが意地悪な声で言って、オレの背中にキスをする。

「……だって、そこ、いっつもあなたが擦るとこ……やあぁ……っ」

エンツォの指を、オレの蕾がキュウウッと強く締め上げてしまう。

「指一本だけなのに、すごい。あたたかいジェルで、いったい何を思い出したのかな？」

「……そこ、擦るの、ダメ……出ちゃうよ……っ！」

自分の声とは信じられないような甘い喘ぎが、オレの唇から漏れる。

「……エンツォ……指じゃ、やだ……！」

オレの言葉に、エンツォが小さく息をのむ。彼はセクシーな声で苦笑して、

「これでも、全身全霊をかけてやせ我慢をしているんだ。発情した男に、あまり刺激的な言葉を言うのはやめてくれ」

言って、オレの肩甲骨《けんこうこつ》にそっとキスをする。そのままキュッと歯を立てられて、オレの身体がビクンと跳ね上がる。

「……ああ……っ！」

「君は、本当に感じやすくて、本当に色っぽい。……だがこれは、私を心配させたお仕置きだ。

もう少し、我慢してもらわないと」

エンツォが言いながら、ゆっくりと指を抜いていく。

「……あ、ダメ……っ」

チュプッという濡れた音を立てて、彼の指がオレの蕾から引き抜かれてしまう。

「……ああー……っ！」

抜かれる瞬間、敏感な入り口をキュッと刺激されて……オレの中心から、ドクン！　と欲望の蜜が迸《ほとばし》ってしまう。

「……あ……あぁ……っ！」

放出の快感が、オレの身体を痺れさせる。オレは背中を反り返らせ、震えながら白濁をさらに溢れさせる。でも、一番欲しいものをもらえない切なさに涙がこぼれる。

「……エンツォの……イジワル……ひどいよ……」

「悪かった。苛《いじ》めすぎたね。そんなに泣かないで」

エンツォが囁き、オレの身体の向きを変えさせる。

「愛しているよ、ミナト」

囁いた彼の菫色の瞳の奥に、欲望の炎が見える。彼はバスローブを脱ぎ捨て、その逞しい裸体を月明かりの下に露にする。

完璧に鍛え上げられた、彫刻のように美しい身体。

硬く引き締まった腹筋の上に走るギザギザの傷痕が、白く浮かび上がってみえる。

二人きりの無人島、オレを守るために巨大な鮫《さめ》に立ち向かった勇敢なエンツォの姿を思い出すだけで、胸が熱くなる。

「……あ……っ」

思わず息をのんだオレの両脚が、高く持ち上げられて……。

「……ああーっ！」

蕩けた蕾に、灼熱の欲望が一気に突き入れられる。そのままきつく抱き締められて、気が遠くなりそうな激しい抽挿が始まる。

目が眩《くら》みそうな快感に、オレはただ喘ぐことしかできない。

「……エンツォ、エンツォ……！」

大きく揺れるベッド。オレは彼の逞しい身体に腕を回してすがりつき、その熱い欲望を一番深い場所まで受け入れて……。

「……ああ……すごい」

エンツォがオレの耳たぶにキスをしながら、セクシーな掠れ声で囁く。

「……君の身体は、本当に素晴らしい」

「………エンツォ……！」

いきなり目が眩むような快感が身体を駆け抜け、オレの先端から、ビュクン、と激しく欲望の蜜が迸る。

「……く、ううん……っ！」

オレの蕩けた蕾が、激しく痙攣《けいれん》しながら、エンツォの欲望をギュウウッと強く締め上げる。

「……ミナト、愛している」

エンツォがひときわ強くオレを抱き締め、そして……。

彼が小さく息をのむ。その一瞬後、熱い欲望の蜜が、オレの深い場所に、ドク！　ドク！　と激しく撃ち込まれた。

「……んんー……っ」

蜜の熱さに感じてしまったオレの先端から、さらに白濁が迸る。オレは彼の肌に頬を押し付け、心を込めて囁く。

「……オレも愛してる、エンツォ……」

「このまま朝まで離さない。いいね？」

「うん、オレを離さないで……」

オレ達は、しっかりと抱き合ってキスを交わした。それからさらなる高みに向かって、再び愛を交わして……。

◆

「ああ……本当に南極に行けるなんて！」

ヘリから降りたオレは、胸を熱くしながら、目の前に広がる青空と、濃紺の海を見渡す。

「……子供の頃からの夢が、やっと叶うんだ！」

エンツォと一緒に自家用ジェットとヘリを乗り継ぎ、オレは南米アルゼンチン沖に停泊する『プリンセス・オブ・ヴェネツィアⅡ』に乗船した。

そう、『プリンセス・オブ・ヴェネツィアⅡ』の次の寄港地は、なんと南極。以前、エンツォから「『プリンセス・オブ・ヴェネツィアⅡ』でいつか行ってみたいところはある？」と聞かれた時に、「南極！　ペンギンが見たい！」なんて冗談を言っていたんだけど、なんとそれが実現してしまうことになったんだ。

……まさか、こんなに早く実現するとは思わなかったけど……。

でも、豪華客船の南極ツアーに有名人が参加しているのをテレビで観て、本当はすっごくうらやましかった。一生に一度は行ってみたいと夢見ていた場所だから、とても嬉しい。

今回の航海には、おなじみのブルーノさんとアルベールさんのチーム、さらに二人が尊敬している古生物学者のチームも同行するらしい。古生物学者ってことは恐竜？　南極探査のチームが氷河の中に何かの化石らしきものを見た、でも猛吹雪に襲われてきちんと確認できなかった……という噂はネット上でずっと流れているんだけど、もしかしたらそれを確かめるとか？

オレはヴェネツィア大学でルーカが言っていたことを思い出して、さらに胸を踊らせた。

……もしかして、アンフィコエリアス・フラギリムスだったら、どうしよう……？

「ミナトさん！」

「お帰りなさい！」

楽しげな声に振り返ると、白い制服を着た二人の青年がヘリポートに駆け出してくるところだった。明るい栗色の髪に紅茶色の瞳の方は、フランツ・シュトローハイム。そして艶のある黒髪に黒い瞳の方はウイリアム・ホアン。二人はこの船のコンシェルジェで、オレの大切な友達だ。

「フランツ、ホアン！」

オレは彼らに駆け寄り、二人の身体をきゅうっと抱き締める。

「会いたかったよ！　日本じゃ勉強ばっかりで大変だったから、早くこの船に乗りたくて！」

「お帰りなさい、ミナトさん」

彼らの後ろから悠々とヘリポートに出てきたのは、黒髪に陽に灼けた肌の逞しいハンサム。彼はクリース・ジブラル。この船の航海士でエンツォの右腕だ。

「ジブラルも久しぶり！　また会えて嬉しいよ！」

実はジブラルとフランツは恋人同士……なんだけど、フランツはすごく純情だから、まだキス止まりみたい。オレにきゅうっと抱きついているフランツを見て、ジブラルが苦笑している。

……もしかして、自分にもこんなふうにしてくれたらいいのに、なんて考えてる？　ともかく微笑ましくて応援したくなる二人なんだよね。

「お帰りなさい、ミナトさん。今回のクルーズではゆっくりできそうですか？」

ジブラルが笑みを浮かべて言い、オレは苦笑する。

「うん。まあ、またたっぷり宿題を持たされたけど！」

オレが言うと、フランツとホアンがくすくすと笑う。

「お疲れさまです。船にいる間くらいは、少しのんびりできるといいですね。なにしろ、今回のクルーズの目的地は南極ですから」

ジブラルの言葉に二人がうなずいている。ホアンが、

「南極に行けるなんて、なかなかない機会です。この船の乗務員も、南極大陸へのクルーズをとても楽しみにしているんです」

「そうだよね、オレ、野生のペンギンを見るのがめちゃくちゃ楽しみなんだ！　あとは氷山も見たいし、冷たい海で泳ぐアザラシとか、クジラとか！」

「僕達も休暇が取れたんです。だからできるだけご一緒しますね」

「もちろん、船長とのデートのお邪魔にならない範囲で」

二人が楽しげに言う。オレは心を弾ませながら微笑んでしまい……それからあることに気づく。

「ん？　ホアンも休暇が取れたの？」

たしかホアンは、電話で「リン中尉とのデートで三日間の休暇を使ってしまうんです。だから南極ではシフトの合間に観光するだけになりそうです」って言ってた気がする。バタバタになりそうなのは大変だけど、リン中尉とホアンはめちゃくちゃ熱烈なカップルだから、それもまた幸せな気がして微笑ましかったんだけど……。

「リン中尉は、お仕事が入ってしまって……この間の休暇はキャンセルになりました」

ホアンが微笑んだままで言う。

「だから、南極ではたくさん遊ばなくちゃ」

楽しそうな言葉だけど……ちょっとだけ表情が沈んでる気がする。

……何か大きな事件でも起きたんだろうか？　リン中尉は大統領直々の命令を遂行する超エリートの捜査官だから、忙しいのは仕方ない。とはいえ……ホアン、ちょっと寂しそう。

「そしたら、みんなでペンギンとか見よう！　今回はブルーノさんとアルベールさんも一緒だから、きっとガイドをしてくれるよ？」

「楽しそうですね！」

「ペンギン、きっと可愛いでしょうね」

「船長。機関室からの要望で、十五時からのミーティングが、十三時からに早まりそうなのですが、大丈夫でしょうか？」

ジブラルが言い、エンツォが時計を見ながらうなずいている。

「わかった。十三時にブリッジに行く」

エンツォは言い、それからオレに向かって、

「ミナト。疲れているだろう。そろそろ部屋に向かわないか？」

「あ、うん。……フランツ、ホアン、後で部屋に電話するね。エンツォは午後から忙しそうだから、二人のシフトが入ってない時間に待ち合わせて一緒にお茶か食事をしよう」

二人はにっこり笑ってうなずいてくれる。

「ミナト、おいで」

エンツォの声がすごく甘くて、オレの鼓動が速くなってしまう。オレは二人に手を振って踵を

返し、船内に続くドアに向かって歩いているエンツォと並ぶ。そのまま専用エレベーターに乗り込んで、エンツォの居室であるロイヤル・スウィートに向かう。

「午後からミーティングって言ってたけど……今夜は？」

ロイヤル・スウィートの前。ドアの鍵を開けているエンツォを見上げながら、オレは聞く。エンツォは、

「ミーティングの後に出航前チェックも済ませるので、少し時間がかかる。夕食を一緒にはできないと思うが、できるだけ早く部屋に戻るよ。明日からの激務のために英気を養わなくては」

言って手を伸ばし、オレの肩を抱き寄せる。

「もちろん、一番英気を養えるのは、愛している人との甘い時間だ。今すぐ部屋に……」

「ちょ、ちょっと待って！」

オレは慌てて言う。だって、このままじゃ、一気にロマンティックな雰囲気になってしまう。そうなったら腰砕けになって、部屋から出られなくなってしまいそうだし……。

「荷物を置いたら、会いに行きたい相手がいるんだ！」

オレが言うと、エンツォがちらりと眉を上げる。

「会いに行きたい相手？」

「そう！　ちゃんと挨拶《あいさつ》しなくちゃ！」

オレは言ってドアの隙間から荷物を部屋に放り込み、ドアを閉める。エンツォの手を引っ張って廊下を歩き、前回の航海からこの船に増えた新しい施設に向かう。以前は倉庫として使われて

いた場所は、美しく改装されて今は設備の整った水族館になっている。船の上で魚を見られるなんて不思議だけど……足下に広がる海をリアルに感じられる気がして、すごく魅力的だ。

陸上にある水族館にも負けないほどの大きさの水槽には、世界中のいろいろな海の生物が集められている。エンツォと二人で行ったことのある場所を思い出すことのできる水槽は、見て歩くだけでもとてもわくわくする。それに……。

「あの二匹の鮫に、ちゃんと挨拶をしなきゃ」

二匹の鮫は、エンツォと一緒にダイビングをしている時に捕まえた。最初は小さい方の鮫を網に入れたんだけど……そうしたら、大きい方が彼を守るようにして網に自分から入った。なんだかカップルみたいだって、その時からエンツォと言ってたんだけど……。

「天然の岩をいくつか新しく設置してみたのですが、どうやらとても気に入ってくれたみたいです。いずれにせよ、こちらが照れるほどいつも一緒で、まるでハネムーン中のカップルのようなのですが」

飼育員さんが、苦笑しながら言う。

岩の陰に入った茶色い瞳の小さい方の鮫が、眠そうに目を細めたまま紫色の瞳の大きい方の鮫に甘えるように頭を擦り付ける。大きい鮫が尻尾を動かして、小さい鮫の尻尾にそれを優しく絡める。小さい鮫は、まるで愛撫でもされたかのように身体をひくんと震わせている。

「これは交尾の合図なので、本当なら雄同士では見られないはずなのですが」

飼育員さんが、照れたように言う。

「まあ、こういうこともあるのかな、と。いずれにせよとても微笑ましい二匹です」

……本当に、見てるだけで当てられそう……！

オレは、頬が熱くなるのを感じながら思う。鼓動が速くなり、同時に隣に立っているエンツォのコロンの芳香を意識してしまう。だって前の航海の時も、エンツォはオレをこんなふうに優しく愛撫してくれて……。

エンツォのあたたかな手が、オレの手の甲に触れる。偶然かと思ったけれど……そうじゃない証拠に、彼の指が、オレの指の間をゆっくりと滑り上がる。

「……っ」

くすぐるように指と指の間を撫でられて、オレは思わず小さく息を呑んでしまう。

……ほかにお客さんはいないけど、飼育員さんに見られちゃうかもしれないのに！

オレが思わず睨むと、エンツォはいたずらっぽく笑って、

「鮫が元気なことも確認したし、そろそろ部屋に戻ろうか？」

さりげなく言われた言葉。だけど語尾が少しセクシーな響きを帯びていて……頬がますます熱くなる。

……エンツォ、オレがドキドキしてるのに気づいてて、絶対わざとやってる……！

「ええと、今回の後部甲板はどんなのかな？　南極風とか？　さっそく見に行かないと……」

水族館から出たところで、エンツォがオレの肩をちょっと強引に引き寄せる。

「今回は大規模なので、まだ工事中だよ」

エンツォがオレの耳に口を近づけて、そっと囁く。

「君があまりに焦らすので、もう我慢の限界だ。……おいで」

彼のセクシーな低い声に、オレはもう我を忘れてしまいそう。

……ああ、オレももう、我慢できそうにない……けど……？

「ちょっと待って、いつの間にか十二時近いよ！　どっかで早く食事をしないと、夜まで空きっ腹で仕事することになっちゃうよ？」

オレが言うと、エンツォがため息をつく。

「気づかれたか。食事よりも、今は君を食べ……」

「ダメ！」

オレは両手を腰に当てて、エンツォを睨みつける。

「南極の旅は、体力勝負のサバイバルなんだから！　ちゃんと食べて、体力を維持しなくちゃ！」

オレの言葉に、エンツォは驚いたような顔をする。

「オレ、南極に行くって決まってから、図書館に通って南極探検に関する本をめちゃくちゃ読んできた！　南極探検は、タフな男じゃないとできないんだからな！　食事は基本だぞ！」

オレの言葉に、エンツォは楽しそうに笑ってうなずく。

「なるほど、君の言うことはとても正しい。……それならこれから美味しいイタリアンの店に行って、二人でしっかり栄養補給をすることにしよう」

言ってから、オレの頭をそっと引き寄せ、ものすごくセクシーな声で囁いてくる。

「一番のごちそうは、今夜まで我慢する。その代わり、君がどんなにタフな男かを、一晩かけてしっかりと見せてもらう。覚悟しておきなさい」

……ああ……なんだか、すごくヤバいことを言っちゃったかも……！

◆

窓の向こうに見えるのは、鏡のように凪《な》いだ海と、ダイヤモンドを敷きつめたような見事な銀河。この優雅な空間にいると、大学の講義と受験のための勉強に追われていた日本でのせわしない生活が、まるで嘘みたいに思える。

……いや、勉強は、ここに来てもまだまだ続いてるんだけど。

オレはため息をついて、美しい夜の海から、手元のＰＣ画面に視線を戻す。モニターに表示されているのは、家庭教師の神代寺先生からメールで送られてきた課題の山。「せっかく南極に行くのにただの観光ではもったいないだろう」という文とともに送られてきたのは、南極の生物と地学、さらに歴史に関するレポートの計三本。もともと文章がめちゃくちゃ苦手な上に……。

「『レポートはもちろん英文で提出のこと』うわ、またかーっ！」

オレは両手で頭を抱えてしまう。

「オレ、日本語だってあやしいのに！」

ヴェネツィア大学の入試は、もちろん英語。ただ問題を解くだけじゃなく、短時間で長文を書かなくちゃいけない科目もある。そのための訓練なのは解るけど……。

「エンツォの特訓のおかげで、英語でもなんとか会話ができるようになってきたけど……やっぱり文章にするのは難しいよ……！」

エンツォが教えてくれる英語は、上流階級向けの、とても正確なもの。どんなに偉い人が相手でも、気後れせずに話すことができる。だから英語を話すことが楽しくなってきていて、それもあってなんとなく英語が上達したような気になってたけど……。

「オレの英語、しょせんは丸暗記なんだよなあ。文法とか気にしてないしなあ」

オレはため息をつき、だけど落ち込んでも仕方ない、と思い直す。

「ともかくやればいつか終わる！　やらなきゃ、いつまで経《た》っても進まない！　頑張るぞ！」

一人で気合いを入れ、それからレポートを書くことに没頭し……。

「ミナト？」

部屋の中に響いた声で、ハッと我に返る。振り返ると、そこには船長服姿のエンツォが立っていて……。

「わあ、もうそんな時間？」

慌てて時計を見ると、もう夜の十一時。エンツォの仕事が終わる時間まで、すっかり没頭していたんだ。

「集中していたみたいだね。邪魔をして悪かったかな？」

「ううん、大丈夫」

オレは椅子から立ち上がって、エンツォの前に立つ。

「お帰りなさい。お仕事お疲れさまでした」

「君にそう言ってもらえるのはとてもいい」

優しい声で言われて、頬が熱くなる。エンツォは手を伸ばし、オレの顎をそっと持ち上げる。

「お帰りのキスがあれば、もっと嬉しいんだが？」

「ええと……」

オレは頬が熱くなるのを感じながら、彼の両肩に手を置く。

「お帰りなさい、エンツォ！」

目を閉じてつま先立ちになり、彼の唇に唇を触れさせる。いつまで経っても上達しない、色気も何もない一瞬のキス。だけどこれが今のオレの精一杯で……。

「……あっ」

慌てて離れようとしたオレの腰が、彼の大きな手で抱き寄せられる。間近に見下ろされて、頬が熱くなる。彼の瞳は、見とれるほど美しいアメジストの色。そこに浮かぶ優しい光に、胸まで熱くなる。彼の端麗な顔がゆっくりと近づいてきて、オレは焦る。

「お帰りのキス、ちゃんとしたのに……」

必死で強がりながら言うと、エンツォはクスリと笑って、

「これは、ただいまのキス」

彼の顔が一気に近づいて、オレの唇にそっと彼の唇が重なってくる。

「……ん……」

見た目よりも柔らかな彼の唇が、オレの唇を優しく包み込む。

……ああ、ヴェネツィアで、あんなに抱き合ったのに……。

オレはだんだん深くなるキスの甘さに酔いしれながら、陶然《とうぜん》と思う。

……また、こんなに欲しい……。

◆

「今回のクルーズ、いつもよりひときわすごい顔ぶれだよね」

人々の挨拶に応《こた》えながら、オレは隣を歩くエンツォに小声で言う。

今朝早く、『プリンセス・オブ・ヴェネツィアII』は、南米アルゼンチンの首都、ブエノスアイレスに到着した。たくさんの乗客達がここで乗り込んできて、朝からウェルカム・パーティーが開かれている。あと半日は停泊する予定だから、前から乗っていたお客さんは近くの街に観光に出かけているはずだ。

今回乗り込んできた乗客は、王族や、世界的な大富豪や、VIPばかり。クルーズの内容だけではなくて、メンバーもすごく豪華な感じ。

「この船の常連は、根っからの冒険好きが多いんだ」

エンツォが、彼らの挨拶にそつなく挨拶を返しながら、囁いてくる。

今回、後部甲板ではエンツォが言っていたように大規模な設置工事が行われていて、立ち入りはまだ禁止。出来上がるまで寂しいと思ったんだけど……屋台やステージは、別のフロアのプール兼サンルームに設置されていた。下が砂浜になっているそこは、異国ムードたっぷりだ。

「南極クルーズ、ますます楽しみになってきた！　それに……なんだかいい香り！」

オレは空気の匂いをくんくんと嗅《か》ぎ、擦れ違う人々が手に美味しそうな物を持っていることに気づく。

「うわあ、美味しそう。ホットドック？　でももっと大きくてスパイシーな香りだけど」

「あれは、チョリパン。現地のホットドックだ。メインダイニングのブレックファスト・ビュッフェに行こうかと思ったのだが……あれを朝食にするのも楽しいな」

エンツォに言われて、オレは大きくうなずく。

「そうしよう！　ともかくめちゃくちゃお腹がすいて、もう我慢できない！」

オレの言葉にエンツォは笑い、それからオレの背中にさりげなく手のひらを当てる。

「それなら、おいで。混んでいるし、下が砂だから、転ばないように気をつけて」

守ってくれるようにして人々の間を抜け、屋台の前に出る。

「おはようございます、船長！　プリンス・ミナトまでいらしてくれるなんて、身に余る光栄ですよ！」

スペイン語訛《なま》りのあるスタッフが、鉄板でソーセージを焼きながら楽しそうに言ってくれる。

「ご注文はスペイン語でどうぞ？」

「ええっ、スペイン語？　全然できないんですけど……」

「『チョリパン・ウーノ！』と思いきり叫んでください。そうしたら世界最高のチョリパンを差し上げますよ」

陽気に言われてオレは笑ってしまいながら叫ぶ。

「チョリパン・ウーノ！」

「よくできました！　船長はいかがです？」

エンツォは苦笑しながら、

「楽しそうだな、ホセ。私もチョリパン・ウーノ。あとドライオレンジを入れて飲みやすくしたマテ茶を一つ。ポンピージャをつけて、熱くしてくれ」

「あ、オレもお茶を頼もうかな？」

「南米のカウボーイ……ガウチョ達は、マテ茶を回し飲みする。ガウチョ式でいこう」

エンツォの言葉に、オレはちょっとどきりとしてしまう。

……二人きりでいる時には、一つのグラスで回し飲みとか、それどころか口移しとかも普通にしてる。だけど人目のある場所で、間接キスみたいなこと、していいのかな？

「あくまでもガウチョ式だよ。……堂々と間接キスができるチャンスでもあるが」

エンツォがやけに真面目な声で囁いてきて、オレはますます赤くなってしまう。

……まったく、こんなにハンサムなのに、たまに子供みたいなんだから。

「チョリパン、お待ちどおさま！」

屋台のスタッフが、大きなお皿を差し出してくれる。お皿の上には大きめのホットドッグバンズみたいなパンが、二つに開かれて載っている。片方にはこんがりと焼かれた粗挽《あらび》きのソーセージ。だけどもう片方には、野菜も何も載ってなくて……。

「美味しそう！　でもなんか、すごくシンプル……？」

「トッピングはそこ！」

「そうそう、好きな物を自分でアレンジするのが南米風ですよ！」

スタッフ達が口々に言いながら指差した方を見ると、屋台の隣には小さめのサラダバーがある。だけど並んでいるのは野菜だけじゃなくて……。

「生野菜だけじゃなくて、野菜のマリネもある！　これは唐辛子？　ソースもたくさん！」

「君に任せる。好きなようにアレンジしてくれ」

エンツォは両手にお皿を持ったままで言ってくれる。

「わかった、任せておいて！」

オレは言いながら、両方のお皿のパンの上に、野菜や唐辛子をたっぷりと盛りつける。味が解らないから適当にソースをかけ、野菜を溢れさせないように慎重にパンを閉じてホットドックみたいに仕上げる。

「できた！」

オレは言って、片方のお皿を受け取る。

「ありがとう。いただくよ」

エンツォはチョリパンを持ち上げ、一口食べてみて……なぜか苦笑する。

「とても美味しい。君も食べてごらん」

「いただきます！　……うぐっ！　辛い！」

叫ぶオレを見て、エンツォが楽しそうに笑う。

「赤唐辛子が入ったチョリソー・ソーセージの上に、青唐辛子を載せて、さらにチリソースをかけている。辛いだろうとは思ったが……」

「かなり辛い！　でも癖になるかも……！」

「たしかに癖になるかもしれない。ともかく美味しいよ。……お茶は？」

カウンターに置いてあった大きなカップを、エンツォが持ち上げる。素朴な絵柄の描かれたマグカップで、中に金属製のストローが挿《さ》されている。

「カップの中にお茶っ葉がたくさん入ってるけど……このストローで飲むの？」

「これはボンビージャという、独特のストローだ。先が茶こしになっている。熱いから火傷をしないように気をつけて」

オレはうなずいて、注意しながらお茶を吸い上げる。

「……熱い、けど、美味しい！」

マテ茶自体はちょっと癖がありそうだけど、エンツォがドライオレンジ入りを注文してくれたからか、フルーティーないい香りがして飲みやすい。

「熱いマテ茶には意味があるんだ。一つは『あなたが憎らしい』」

エンツォが、オレの手からカップを受け取りながら言う。オレは、

「わあ、熱いのをって注文してたけど、そういう意味？」

驚いてしまいながら言うと、エンツォは片目を閉じて囁く。

「もう一つの意味は……『あなたを熱烈に愛している』」

エンツォの唇がストローに当たり、ゆっくりとお茶を吸い上げる。

……あれは、さっきオレが咥《くわ》えたストロー。オレ達、もう数えきれないほど身体をつなげているのに……。

オレは頬を熱くしながら、エンツォから目をそらす。

……囁きと、間接キスだけで、こんなにドキドキしちゃうなんて……！

「へえ、そうなんだ？　え、ええと……」

オレは周囲を見渡して間接キスを見られていないかを確認し……みんな食べたり飲んだりに夢中で、誰もこっちを見ていなかったことにホッとする。そして……。

「……この曲！」

オレは流れ始めた曲に気づいて、フロアの向こう側に設置されたステージの方を透かし見る。

「『コンドルは飛んで行く』だ！　たしかにアルゼンチンはペルーとも近いもんね」

サンルームの中に響き始めたのは、素朴な楽器を使った音楽。いかにも旅情をかき立てられそうなメロディーは日本でも有名な『コンドルは飛んで行く』。だけどそれを奏でている楽器の音はかなり複雑で……。

「ギターと、マンドリンと、あの横笛っぽいのはケーナだよね？　あと見慣れない楽器がいくつも！　竹を組み合わせた、雅楽《ががく》の笙《しょう》みたいなやつもある！」

オレが言うと、エンツォは苦笑して、

「私の愛の告白を、簡単に聞き流したね？　悪い子だな」

楽しそうに囁いてから、ステージの方に目をやる。

「あの竹でできた楽器は、サンポーニャ。そしてあの弦楽器はチャランゴ。ウクレレのようだが、全部で十弦で、マンドリンのように二弦一組になっている。リズムを刻んでいるのが、チャフチャスと呼ばれる木の実で作ったマラカスと、ボンボと呼ばれる太鼓。先住民の時代から使われている楽器が多いので、珍しい音色だね」

エンツォが説明してくれて、オレはうなずく。

「うん。いかにも南米に来たんだなあって感じ」

オレはエンツォと並んで歩き、ステージから少し離れた、海がよく見えるテーブルにつく。

「よお、相変わらず仲良しだな、この番《つがい》は！」

楽しげな大声が聞こえて、エンツォがため息をつき、オレは振り返る。

「ブルーノさん！」

「よお、エンツォ！　元気か、ミナト！」

そこにいた彼は、ブルーノ・バルジーニさん。エンツォのお父さんであるセルジオ・バルジーニさんの年の離れた末の弟で、エンツォの実の叔父さんだ。

さすが美形揃いのバルジーニ一族の一員だけあって、エンツォとどこか印象が似たすごいハンサム。褐色に灼けた頬、少し癖のある黒い髪と漆黒の瞳、そして顔の下半分を覆うシブい無精髭。

……相変わらず、エンツォによく似てる……！

オレは、いつものようにちょっとドキドキしてしまいながら思う。

……ブルーノさんを見ると、無人島で遭難した時に見た野性的でセクシーなエンツォを、ちょっと思い出しちゃうんだよね。

まあ、ルックスには共通点があるけれど……二人の雰囲気は全然違う。エンツォはどこまでも上品、ブルーノさんは何をしてもワイルド。エンツォが優雅に狩りをする黒豹なら、ブルーノさんは長々と寝そべる雄ライオンって感じだ。

ブルーノさんの長身を包むのは、迷彩色の長袖のシャツとカーキ色のカーゴパンツ。足下は革のアーミーブーツ。逞しい肩にしっかりした生地の軍用のトレンチコートを羽織っている。かなり着古されているけれど、ブルーノさんみたいに体格のいい人が着るとものすごく格好いい。

彼の手にも、オレたちが飲んでいるのと同じ金属製のストローが挿されたカップがある。

「こんにちは、ブルーノさん！」

オレが言うと、ブルーノさんは優しい笑みを浮かべて、

「おお、元気だったか、ミナト！」

言いながら空いている方の手を伸ばし、いつものように髪の毛をガシガシとかき回す。

「よしよし！　フカフカしていて目がキラキラ！　相変わらず子供のボブキャットみたいで可愛

いぞ！」

言いながら、懲《こ》りずにオレを抱き締めようとする……けれど、いつものように、その手が届く一瞬前に、エンツォが先にオレを後ろから抱き寄せる。

「こんにちは、ブルーノ叔父さん。相変わらずにぎやかですね。ペンギン達が怯えて逃げそうなので、南極ではもう少しお静かに」

「わははは、今回は南極ならではの南極ジョークか！　最高に面白いぞ、エンツォ！」

爆笑しながら背中をバンバン叩いてくるブルーノさんに、エンツォがため息をつく。

ブルーノさんは、ヴェネツィア大学の教授で、専門は爬虫類。動植物や魚類に関する知識も、ものすごく豊富だ。いつも冒険映画さながらの旅を繰り返しては新種の爬虫類をいくつも発見している、実はとても高名な研究家なんだ。

「ブルーノ叔父さん。座るか、立ち去るか、どちらかにしては？　そこにいては乗客のみなさんの邪魔ですよ」

「おお、それなら遠慮なく座るぞ！」

ブルーノさんはエンツォの「立ち去るか」を綺麗に無視して、嬉しそうに椅子に座る。

「しかしミナト、ますます色っぽくなったな！　相変わらず、発情期の真っ最中か？」

楽しそうに言われて、オレは目眩を覚える。ブルーノさんは、

「どうせ朝まで交尾をしまくっていて、まだ寝ぼけているんだろう？　相変わらず、お熱い番だなぁ、はははは！」

ブルーノさんの大声に、オレは真っ赤になってしまう。慌てて周囲を見渡すけど、とりあえずみんな演奏に夢中で、こっちに注目している人がいなかったことにホッとする。

……まあ、彼はすぐに専門用語を使うし、こんなに堂々と言われたら、冗談にしか聞こえないだろうけど……。

「ブ、ブルーノさんは……相変わらず取材旅行中だったんですか？　ブエノスアイレスから乗船ってことは、この近くにいらしたとか？」

オレが必死で話をそらそうとして言うと、ブルーノさんは、

「一昨日まで、チベットスナトカゲを探しに、チベットに行っていた。本当ならあと二週間はいたかったんだが……『プリンセス・オブ・ヴェネツィアⅡ』が南極に行くという話を聞いたから、予定を変えて合流させてもらうことにしたんだ。ちょうど愛しのアルベールから『探したいものがあるから、南極に行きたいな、ダーリン』とおねだりされていたところだったし……ぐわっ！」

言葉の途中で、ブルーノさんが痛そうな声を上げる。

「誰がそんなことを言いました？」

ブルーノさんの椅子の脇に立った男性が、厳しい声で言う。彼の頑丈そうなトレッキングブーツの踵《かかと》が、ブルーノさんの足をしっかりと踏みつけている。

「研究者なら言葉は正確に。私は『いつかは南極に調査に行きたいです』と言っただけです」

「いたたた。アルベール、いつの間に……」

「さっきからいました。あなたが子供のように騒ぐのに夢中で、気づかなかっただけですよ」

豪華な金髪に、緑色の瞳。ダンサーみたいに引き締まった身体を包むのは、タートルネックの白いセーターと、黒い革のパンツ。その上に黒のダウンコートを羽織っていて、すらりとした立ち姿が本当に格好いい。彼はアルベール・コクトーさん。まるでグラビアモデルみたいな美形だけど、実はカリフォルニア大学の教授で、有名な海洋学者。優秀で綺麗なのはもちろんだけど、それだけじゃなくてすごく勇敢で、格好よくて、オレの憧れの人なんだ。

「こんにちは、バルジーニ船長、そして会いたかったよ、ミナト」

アルベールさんは、ブルーノさんと話している時とは別人のように優しい声で言う。

「アルベールさん、こんにちは。オレも会いたかったです」

「こんにちは、コクトー博士。どうぞ座ってください」

エンツォが言い、彼は微笑んで、

「どうもありがとうございます。失礼します」

アルベールさんが、手に持っていたカップをテーブルに置いて椅子に座る。湯気が立つそれに金属製のストローが挿されているのを見て、ブルーノさんが、

「アルベールもマテ茶か！　それなら俺のを半分あげたのに！　それで間接キ……うぐっ！」

どうやら臑を蹴られたらしく、ブルーノさんが呻き声を上げる。

……うわあ、この二人、本当に相変わらずだ。

オレは苦笑しながら、

「アルベールさんも、ブルーノさんと一緒にチベットにいたんですか？」

オレが聞くと、アルベールさんはにっこり笑って、

「しつこく誘われたけれど、断ったよ。私は以前から、この南極研究旅行のチームに加わることを志願していたんだ。だからカリフォルニア大学での講義を終えてから直接ブエノスアイレスに向かい、準備をしながらこの船が到着するのを待っていた。いきなり乱入してくるような無粋《ぶすい》な研究者とは違うよ」

「どんなに誘ってもチベットに来なかったのは、そういうことだったんだな？　ダーリンの俺を置いて一人で南極に行こうなんてひど……うっ」

アルベールさんは、鋭い一睨みでぶつぶつ言っているブルーノさんを黙らせる。それから何事もなかったかのようにエンツォに目を移して、

「今回の南極への研究旅行は、バルジーニ船長からのお口添えがなければ実現しなかったでしょう。研究チームを代表して、お礼を申し上げます。南極に棲む野生動物、そして古生物の研究は、私の祖父の夢でもありましたし」

その言葉に、エンツォが微笑んで、

「あなたのお祖父様のファンでもあるので、お役に立てて嬉しいです。……新生『プリンセス・オブ・ヴェネツィアⅡ』の最初の長期航海は、印象的な場所にしたかった。メインの寄港地をどこにするかを検討している時に、ミナトから『南極に行きたい』とリクエストされました」

「じゃあ、君のおかげでもあるんだね、ミナト」

アルベールさんは言って、オレに視線を移す。

「君にもお礼を言わなくては。君のおかげでずっと夢だった南極に行くことができるんだから」

「お役に立てたなら嬉しいです」

アルベールさんの微笑みの優しさに、オレはちょっと赤くなってしまいながら、

「あなたが探しているものが、見つかるといいんですが。……今回、具体的には何を探しに行くのか、聞いてもいいですか？」

オレが言うと、アルベールさんは先生みたいな顔になって、

「ミナト、南極のあの分厚い氷の下に、誰も見たことのない大きな湖があるのを知っている？」

彼の言葉に、オレはとても驚いてしまう。

「氷の下に、さらに湖が？」

言ってから、その言葉の不思議さに首を傾げてしまう。

「ええと……っていうか、南極みたいに寒いところなら、すべての真水が凍ってしまいますよね？　大きい氷河の下に、真水の氷が重なってる二重構造っていうことですか？　二段のホットケーキみたいな？」

「そのたとえは美味しそうだ。僕は好きだけど……少し待って」

彼は楽しそうに笑い、テーブルに置いてあった紙ナプキンを取り出す。ポケットから三色ボールペンを出し、最初に黒インクで、真ん中が少しへこんだ線を描く。

「これが地面。まだ南極が暖かかった頃、そのへこみにこうやって雨水や地下水が溜まって、湖ができた。その上に氷の蓋《ふた》がかぶさってきたイメージかな？　ともかくこの水は、分厚い氷の蓋

のせいで何十万年か、ここに閉じ込められたままなんだ。これを『氷底湖』と呼んでいる」

へこんだ部分に青で『Water』、その上に『Ice』と書かれた部分がかぶせて描かれる。

「水は、圧力によって凝固点が下がるよね？　だから上にかぶさった巨大な氷のせいでものすごい圧力がかかり、この湖は低温でも凍らない」

「南極で凍ってない真水があるって、なんだか不思議ですよね」

「まあ、この水が凍らない理由に関しては、ほかにも説があるんだけどね。あとは……」

アルベールさんはボールペンを赤い色に変えて、湖の下に上向きの矢印を書く。

「地熱で下からあたためられていて凍らないとか、氷が毛布の役目を果たしているとか、ほかにもいろいろ。ともかく……」

アルベールさんはボールペンを置き、指先で、その湖の形をそっと辿る。

「レーダーでこの湖があることが確かめられたのは、一九六〇年代。それからずっと、南極の研究者はその湖の中に何があるのかを考察し続けてきた。そして数年前、ロシア北極南極科学調査研究所の調査チームが、深さ約三千八百メートルまで掘削《くっさく》し、その湖の水を採取したんだ」

彼の言葉に、オレの鼓動が速くなる。

「ずっと昔から溶けていない南極の氷の下にあったたってことは、その水はその当時と同じ世界ってことですか？」

「そうだよ。水を検査したところ、その湖は五十万年から百万年前からあったことがわかったんだ。そしてその後も、何度か水の採取が行われている。……実は、ヴェネツィア大学の古生物学研究室チームも参加している。僕はそれに参加するために来たんだ」

「すっごい！」

オレは興奮してしまいながら身を乗り出す。

「採取した水の中に、どんなものが入ってたんですか？」

オレの言葉に、アルベールさんは楽しそうに笑う。

「新種の微生物が発見されたよ」

オレを見つめるアルベールさんの瞳が、まるで少年みたいに煌めく。

「そして分析の結果……その微生物は、今の地球上にいる微生物とは、まったく違う進化を遂げていたことがわかったんだよ」

「ええっ！　それって、ものすごい発見じゃないですか？」

オレは思わず声を上げる。

「もしかして、その湖をもっと調査したら、何万年も前の魚とか……いや、いっそそこで生き延びた巨大な水棲恐竜とかが見つかったりして……うわあ、ドキドキします！」

アルベールさんはにっこり微笑んで、オレの髪をふわりと撫でてくれる。

「そのドキドキを共有してもらえて嬉しい。君は本当にいい生徒だよ、ミナト」

アルベールさんは優しく言ってから、エンツォに視線を移す。

「今回は、さまざまな大学からの研究チームが参加することになります。バルジーニ博士の研究チーム、私の研究チーム。さらに私が尊敬している高名な古生物学者、パヴァロッティ博士のチームが、この先の寄港地、ウシュアイアから乗船してきます。大所帯になりますが、よろしくお願いいたします」

「もちろん。今回は観光だけでなく、研究のための旅でもあります。こちらこそいろいろお願いすることになると思いますが、よろしくお願いします」

エンツォの言葉に、アルベールさんが深くうなずく。それからオレに、

「今回の旅行では、湖の調査以外にも目的があるんだ。それもまた、祖父の夢でもある」

「えっ？　ほかにも何か見つかる可能性があるんですか……？」

「まあ、こっちは宝探しみたいなものなので、研究に出資してくれているヴェネツィア大学やイタリア政府の手前、あまり大きな声では言えないんだけど……」

アルベールさんが声をひそめ、片目をつぶる。

「恐竜の化石も、見つけられたらいいなと思っているんだ」

「ああ……たしかに！」

オレはさらにドキドキしてしまいながら、

「南極では、恐竜の化石がたくさん見つかってますよね。最近もニュースで見ました。でも……南極で恐竜って、なんだか信じられないんですけど……」

オレの言葉に、アルベールさんが楽しげな笑みを浮かべて言う。

「もう五十年も前になるけれど……ある国の南極調査隊が、氷河のクレバスの間で完全な形の巨大な恐竜の姿を目撃したらしいんだ。大きさは数十メートルにも達するというその証言から、研

究者の間ではアンフィコエリアス・フラギリムスじゃないかとずっと言われてきた。ほとんど伝説みたいに言われているから、研究というよりは、トレジャー・ハンティングに近い気もするけれど……でも」

アルベールさんはその綺麗な緑色の瞳をキラキラと煌めかせて、

「僕もパヴァロッティ博士も、そしてうちの学生達も……みんなそれがあるって信じてるんだ。それを見つけるのは、僕の祖父の夢でもあったしね」

オレは、ルーカに見せてもらったあの巨大なアンフィコエリアス・フラギリムスの化石のレプリカを思い出して、胸が熱くなるのを感じる。

「俺ももちろん信じてる！　そして絶対見つけるぞ。恐竜だって、爬虫類の仲間だからな！」

ブルーノさんが茶目っ気たっぷりに言う。

「ブルーノさん、トカゲだけじゃなくて恐竜もお好きなんですね。研究旅行をするアルベールさんに、ただくっついてきただけかと思いました」

オレは思わず言ってしまい、それからブルーノさんに睨まれてハッと言葉を切る。

「す、すみません！」

「あのねえ。俺はエンツォの優しい叔父で、エンツォと番である君のことも可愛い甥だと思っている。だが一応、君が入学を希望しているヴェネツィア大学の教授でもあるんだぞ？」

……そうだった……！

「受験、頑張ります！　もしも合格したらよろしくお願いします！」

オレは言って、頭を下げる。ブルーノさんは、

「よしよし！　入学したら俺の研究室の第一秘書にしてやろう！　毎回研究旅行に同行できて楽しいぞ！」

「そ、それじゃあ単位が全然取れなくなりそうな……」

「そのへんは適当になんとかすればいい！　何よりも研究第一だ！」

ブルーノさんが言って、豪快に笑う。

「まったく。ミナトをなんだと思っているんですか？」

エンツォが呆れたように言う。

「ミナトを荷物運び要員になどさせませんので、そのつもりで。……コクトー博士、こちらがあなたの部屋のキーです。荷物は、後でコンシェルジェが運びますので」

「ありがとうございます。ああ、この部屋番号……」

アルベールさんが部屋のキーを見下ろして嬉しそうに言う。

「いつもと同じ部屋を用意してくださったのですね。あそこはとても使いやすいし、バルコニーが広くて海が綺麗に見えるので、とても気に入っているんです」

「あなたはミナトの大切な年上の友人であり、尊敬する海洋学者だ。本当なら、スウィートに泊まっていただいてもいいのですが……」

エンツォの言葉に、アルベールさんが笑いながら頭を振る。

「もちろんそんなことはできません。私は一介の研究者。乗船料すらお支払いしていないのです

から、甲板の隅でも、ボイラー室でも……」

「エンツォ、気が利くな！　俺とアルベールの初夜のために、スウィートを提供……うっ」

アルベールさんが、素早くブルーノさんの足を踏んで黙らせる。

「それではいったん部屋に入って荷解きをさせていただきます。ミナト、また後で」

オレに向かってにこりと微笑み、別人みたいな冷たい目でブルーノさんを睨んで、

「あなたもさっさと荷物を運んだらどうです？　ただでさえ、あなたの研究チームはやたらと荷物が多いんですから」

「ああ、本当に冷たいんだから。そこがいいところでもあるんだが」

ブルーノさんが、さっさと踵を返したアルベールさんの後ろ姿に向かって言う。それから甲板に控えていた学生達を見渡して、

「おまえら！　さっさと荷物を運ぶぞ！」

「うっす！」

「了解っす！」

低い声で応えるのは、研究チームというよりはラグビーチームか軍隊かってくらいのごついメンバー。見た目だけじゃなくて、体力も根性も並外れてタフそうな学生ばかり。

……こんなすごいメンバーに混ざる自信、オレにはないんだけど。

オレは苦笑してしまいながら思う。

……でもまあ、楽しそうではあるけど。それに秘書の話は冗談として……ブルーノさんの授業

とか、めちゃくちゃ面白そうだ。

オレは思い……そしてヴェネツィア大学の校舎の暗がりを思い出す。そこにいた、とても美しくて、どこか寂しげな彼の顔も。

……早く、またルーカにも会えるといいな……。

── Detection ──

デイビッド・リン

「被害者が噛んでいた、あの紙の分析結果が出ました」

鑑識官のオーガスタが、部屋に飛び込んでくる。手に持った書類を見下ろしながら、

「リン中尉がおっしゃったように、かなり特殊な配合の珍しい紙でした。専門家に聞いたところ、とても高価な品で、ヴェネツィアにある老舗の工房のものだそうです」

……ヴェネツィア……。

私はその言葉に、ふと引っかかりを覚える。イタリアは最高級手漉《てす》き紙で有名な場所なので、不思議ではないが……。

「その紙は職人が一枚一枚手漉きしているので量産ができず、昔からの得意先にだけ販売しているそうです」

「ビンゴ」

ディエゴが、指を鳴らして叫ぶ。

「これでまた一歩前進ですね。どうせ迷宮入りだとか言っていた二課のやつらに一泡……」

「こら、不謹慎だぞ、ディエゴ」

イヴァンが睨《にら》むと、ディエゴは慌てて口を閉じる。

「オーガスタ、紙を卸《おろ》している顧客のリストを」

私が言うと、彼はうなずいて私のデスクの上に書類を置く。

「これはすごい。そうそうたるメンバーですね」

同じ物を渡されたイヴァンが、驚いた声を上げる。覗《のぞ》き込んだディエゴが、

「世界に名だたる名家に、有名な大富豪。あれ、アメリカ大統領も顧客じゃないですか」

「工房が作られたのは一五五〇年。この工房が作った高級紙がイタリア貴族の間で流行し、海外の名家にまで広まったようです。その当時からずっとこの紙を愛用している一番の上得意が……」

オーガスタが一瞬言葉を切り、それから言う。

「……あの、バルジーニ一族だそうです。さすが、世界一の大富豪と言われる一族ですね」

全身から、スッと血の気が引くのを感じる。

「リストにある全員から、話を聞こう。被害者との接点があるのかどうか、詳しく捜査する必要がある」

「容疑者……ということですか?」

イヴァンの言葉に、私は、

「もちろんそう言い切れるだけの証拠はない。この紙をレターパッドとして使っていたとしたら、手紙を受けとった人間全員が容疑者になる。……だが、今はまだこれしか犯人につながる物証はない。全員を容疑者と考えるくらいの心構えでいけ」

メンバーが深くうなずき、私は沈鬱《ちんうつ》な気持ちになるのを感じる。

……とても嫌な予感がする……。

バルジーニ船長、そして湊《みなと》さんが、アマゾンで起きたあの事件でどんなに傷つき、苦しんでいたかを思い出す。

……彼らはまだ、あの呪縛から逃れることができていないのか……？

◆

「こんな時間に大勢で押しかけたりして、本当に申し訳ありません」

部屋に入った私は、そこで待っていた人物に言う。

「そして、捜査へのご協力に感謝します」

ニューヨーク、マンハッタン。大富豪が集まるこの街の中でも最高ランクを誇るホテル、セント・レジス・ニューヨーク。そのプレジデンシャル・スウィートに私達はいた。ジョナサンのデータによれば、広大なリビングやダイニングや書斎のほかに、ベッドルームが三室、バスルームが四室もあるらしい。この人くらいのVIPになれば、専属のSPも複数同行しているだろう。そのためには、これくらいの広さと警備体制が必要なのかもしれない。

私の後ろに控えているのは、イヴァン、ディエゴ、ジョナサンの三人。時間は夜の十二時を過ぎたところ。出張中で忙しいとのことでこの時間を指定されたのだが、訪ねるにはとんでもなく失礼な時間帯。しかも相手がこの人では……とても緊張する。

「いや、この時間を指定したのは私だ。こんな遅くまで仕事をさせて本当にすまないね」

相手は、鷹揚《おうよう》に笑いながら言う。

「出張中は、秒刻みのスケジュールなんだ。これではまるで囚人だよ。……息子の可愛い嫁がアメリカにいると聞いてニューヨークまで来たのに、あっちは南米だった。秘書にだまされた」

大きなため息をつくが、その精悍《せいかん》な顔に、疲れの色など微塵《みじん》もない。

年齢を感じさせない、完璧に鍛《きた》え上げられた長身。皺《しわ》一つない水色のワイシャツ、アドリア海のように深いブルーのネクタイ。最高の仕立てであろうピンストライプのイタリアンスーツ。手には半分ほど満たされたヴェネツィアン・グラス。部屋に漂うのは芳醇《ほうじゅん》な赤ワインの香り。重厚な内装の部屋の中に悠々と立つ彼は、まさにイタリア貴族。その圧倒的な威圧感と迫力に、まるで、歴史のあるイタリア絵画の中に紛れ込んだかのような気分になる。

「ともあれ、ちょうどアメリカにいてよかった。君とも久しぶりだ、リン中尉」

彼は言ってグラスを持ち替え、私の右手を握る。力強い握手に、さらに緊張感が増す。

彼は、セルジオ・バルジーニ。エンツォ・フランチェスコ・バルジーニ船長の父親、そして世界的な大富豪、バルジーニ一族の現当主。政治、経済に深く関わっていて、彼が指一本動かすだけで世界が変わると噂されている。VIPというのは、まさにこの人のための言葉だろう。

「そっちの二人も久しぶりだ。イヴァン・モロゾフくんと、ディエゴ・アルフォンソくん」

名前を呼ばれた二人はとても驚き、恐縮しながら彼と握手を交わす。

「イヴァン・モロゾフです。お久しぶりです」

「ディエゴ・アルフォンソです。名前まで覚えていていただけるなんて……光栄です」

「ははは、一度見た人間の顔は二度と忘れないよ。しかも君たちはうちの息子と可愛い嫁の命を何度も救ってくれた、命の恩人でもある。忘れるわけがない」

たしかに私達は『プリンセス・オブ・ヴェネツィアⅡ』が関係する事件のたびに捜査を担当し、犯人逮捕に関わってきた。しかし、エンツォ氏の友人でもある私はまだしも、私の後ろで救助に当たっていた彼らの顔から名前まで覚えているとは……。

「だが、そっちの彼だけは、初対面……かな……？」

セルジオ氏はわずかに首を傾げ、ジョナサンを見下ろす。

「ジョナサン・ドゥリトルと申します！　新人です！　よろしくお願いいたします！」

ジョナサンが直立不動の姿勢で言って、敬礼をする。

「なるほど……ジョナサン・ドゥリトルくんか。覚えておこう」

セルジオ氏は何度かうなずき、ガチガチに緊張したジョナサンと握手を交わす。それからふいに身を屈めて、ジョナサンの分厚いレンズの向こうの瞳を間近に覗き込む。

「とても綺麗《きれい》な水色の瞳をしているね。ご両親のどちらかから受け継いだのかな？」

ジョナサンは目を見開き、それから困ったような顔で、

「……いえ、僕、両親にはあまり似ていなくて……」

その言葉に、彼の両親のことを思い出す。ドゥリトル中将はＦＢＩの特殊部隊にいた英雄で、

作戦中の怪我がもとですでに引退している。今はワシントンDCの郊外で、ゴルフ三昧《ざんまい》の悠々自適な暮らしを満喫しているはず。パーティーで、奥様にもお会いしたことがあるが……。

「そうか。じゃあ、お祖父様かお祖母様が、そんなふうに綺麗な水色の瞳だったんだろうな」

セルジオ氏が言って、一人で納得したようにうなずいている。

「うちの息子のエンツォも、顔は私にそっくりなのに菫色《すみれいろ》の瞳だけは母親譲《ゆず》り、そしてあの堅苦しい性格は、祖父である私の父にそっくりなんだよ。遺伝とは不思議なものだなあ」

ジョナサンのご両親は二人とも美しい赤毛で、そこはジョナサンにそっくりだ。だが、瞳は緑色。さらにドゥリトル中将は二メートル近い長身に厚い胸板の威丈夫。奥様は元パリコレ・モデルで、やはり長身。それに対してジョナサンは小さくて華奢《きゃしゃ》で、体型的にも二人にはあまり似ていない。筋肉をつけようと日々鍛錬《たんれん》を怠らないようだが……逞《たくま》しくならないのが悩みだといつも言っている。

「髪も綺麗な赤毛で……おお、サラサラのふわふわだ！　うちの可愛い嫁の髪と、手触りが似ているぞ！」

セルジオ氏が言い、ジョナサンの髪を撫でる。人との接触にあまり慣れていないらしいジョナサンは、頬を真っ赤にして硬直している。

「お話中、失礼いたします」

ダークスーツをぴしりと着こなした男性が、トレイを持って入ってくる。彼の顔は以前も見たことがある。セルジオ氏によく同行している秘書だろう。彼はソファの前のテーブルに、高価そうなローゼンタールのカップと銀のポットを並べる。ポットから注がれたコーヒーの香りが、部屋に広がる。移動続きで疲れきった心と身体にしみてくるような、とてもいい香りだ。

「お仕事のお話でしたら、コーヒーの方がよろしいかと。……失礼」

言ってさりげなくセルジオ氏の手からワイン入りのグラスを取り上げ、そのままさっさとリビングを出ていく。

「まったく憎たらしい秘書だ。スケジュールが詰まっているから南極に行ってはダメだと言うんだぞ？　信じられない！」

「……南極……ですか……？」

ジョナサンが驚いたように言い、セルジオ氏はうなずいてため息をつく。

「息子のエンツォとその可愛い嫁が、ちょうど南極に向かっているんだ。可愛い嫁がペンギンと一緒にいるところを写真に撮りたいと思うのは、親として当たり前だろう？」

セルジオ氏の言葉に、三人は意味が解らずに呆然《ぼうぜん》としている。

彼が言う『嫁』というのはバルジーニ船長の恋人の湊さんのこと。結婚式こそ挙げてはいないが、あの二人が両方の親公認の夫婦同然な関係であることは、親しい友人の間では有名な話。さらにこのセルジオ氏が湊さんのことをとても気に入っていて、隙あらば二人のバカンスに乱入しようとし、そのたびにバルジーニ船長に撃退されていることも。

「ああ……失礼。ついつい長話をしてしまった。君達はまだ仕事中だったたね」

彼は手振りでソファをすすめ、自分もソファに座る。私とイヴァンとディエゴは、すすめられた彼の向かい側に座る。ソファは大きく、大柄な男三人が座ってもまだ余裕があったが……不慣れなジョナサンは、どこに座っていいのか解らないようできょろきょろしている。

「君はこっちだ。おいでおいで」

セルジオ氏は自分の隣のソファをポンポン叩いて、ジョナサンを呼ぶ。ジョナサンは目を丸くし、それからおそるおそる彼の隣に小さくなって座る。

「し……失礼いたします……」

「あはは、可愛いな、小動物のようだ。手触りもふわふわしているしな」

セルジオ氏は楽しそうに笑い、それから私の方に向き直る。

「秘書によれば、何かの事件に関する事情聴取とか。私は容疑者かな?」

言っていることは物騒だが、その口調は楽しげだ。私は姿勢を正し、

「現在、その事件に関しては報道規制がしかれています。なので、事件の詳細を部外者に話すのは厳禁ということになっているのですが……あなたにはすべてをお話ししていいと、大統領からの許可をいただいています」

「許可?　ビリーめ、アメリカ大統領などというものになってから、すっかり生意気になったな。一度、きっちり思い知らせないといけない」

セルジオ氏は、くだけた口調でアメリカ大統領を愛称で呼ぶ。彼らは昔からの友人で、しかもどうやらセルジオ氏の方が格上のようだ。

「ともかく、話を聞かせてもらおう。息子と嫁の命の恩人である君たちに、協力は惜しまないよ」

「ありがとうございます」

私は頭を下げ、それから陰鬱な気持ちであの事件を思い出す。

「メキシコ国境に近い小さな村の教会で、若い男性の遺体が複数発見されました。彼らは非常に高度な技術でエンバーミングを施されており、『ドミネ・デウス』との関連が疑われています」

私が一気に言うと、セルジオ氏は動きを止め……ため息のような声で呟く。

「……『ドミネ・デウス』……」

私を見返すセルジオ氏の顔から、すべての感情が消える。

「彼らを壊滅させるためなら、どんなことでもする……私は、そう心に決めているんだよ」

彼の声はとても静かだったが、彼の目の奥には陰火《いんか》のような怒りが青く燃えている。さすが世界を動かすと言われる男だけあって……その目には、背筋が寒くなるような迫力があった。

「続きを」

静かな声で言われて、私はうなずく。

「被害者は、誘拐され、一定期間監禁され、最後には毒殺されました。エンバーミングを施された後で、発見現場となった教会の地下に運ばれたと思われます」

セルジオ氏は何も言わず、私の顔を真っ直ぐに見つめて聞いている。

「発見された時、彼らは薄い腰布を巻いただけのほぼ全裸の姿で、ガラスケースの中に立った姿勢で固定されていました。それぞれ、足下に花を置かれ、ガラスケースには本名とプロフィールを刻んだ真鍮《しんちゅう》の板が取り付けられていました。その様子はまるで……」

私は深呼吸をしてから、

「こんな言葉を使うのは不謹慎かもしれませんが、まるで陳列された美術品のように見えました」

遺体の様子を想像したのか、セルジオ氏の眉が、微《かす》かに寄せられる。私は、

「目立つ遺留品は一切なし。腰に巻かれた布はありふれたもので、手がかりにはなりませんでした。エンバーミングの過程で全身を洗われたらしく、肌表面からは、埃《ほこり》一粒、糸くず一本発見されませんでした。ですが、被害者の一人の上下の歯列の間から、ごくごく小さな紙片が発見されました」

「紙片……犯人の証拠を残すために、必死で噛み千切《ちぎ》ったということか？」

「そうだと思われます」

私が答えると、セルジオ氏の顔に沈鬱な表情が浮かぶ。

「……気の毒に……」

私はうなずき、それから、

「その紙の成分を分析しました。現代ではなかなか手に入らない珍しい植物を使って漉かれた特殊な紙で、ある工房で作られたことがわかっています」

「私のところに来たということは……その店の顧客の一つが、バルジーニ家だった？」

「はい。フィレンツェの『ジョヴァンニ・カランティーニ』という工房をご存知ですね？」

「ああ……ジョヴァンニの店か。たしかに、何代も前から贔屓《ひいき》にさせてもらっている」

セルジオ氏は、あっさりとうなずく。私は、

「もしもカードなどに加工して発送されているようなら、かなり捜査範囲が広がりますが……顧客の多くは美術品用の活版印刷などに利用し、額に入れて保存していました。ほかの捜査官が事情聴取を進めている最中ですが……今のところ、噛み痕のある紙は見つかっていません」

「ジョヴァンニが作る紙は何百年も保つし、見た目も最高なのだが、その分とても高価なんだよ。カードにして送ってしまうにはかなり勇気がいる値段だ。バルジーニ家では革表紙に製本して、代々の当主が直筆の自伝を書くために使っている」

「その自伝はどちらに保管されているものですか？　紛失したものはありませんか？」

私が聞くと、セルジオ氏はかぶりを振って、

「バルジーニ家代々の当主の自伝なら、ヴェネツィアの屋敷の書庫にずらりと並んでいるよ。屋敷の警備はかなり厳重だし、書庫には執事が毎日入って掃除をしている。かなり几帳面な男なので、抜けがあったらすぐに大騒ぎするだろう。……うちの屋敷の書庫に、自由に入ってくれてかまわない。本のどこかに噛み千切られた箇所がないか、存分に調べてくれ」

「バルジーニ家の方々は、『ドミネ・デウス』を恨みこそすれ、協力する理由などどこにもありません。もちろん疑ったりはしていません」

私の言葉に、セルジオ氏はうなずく。私は続けて、

「……ただ、確認したいのですが、製本されないまま保管されている紙はありませんか？　あの工房の紙はオーナーが一人で手漉きしているために、出来上がりまで早くて半年、長い時には数年かかると聞きました。なので顧客の中には念のため多めにオーダーし、紙のままの予備を保管

している方が多かったのです。バルジーニ家も同じようにしているということは……」

「ん？　そういえば……私の自伝を書く分の紙は、どうなっていたかな？」

セルジオ氏の言葉に、隣に座った二人が身を乗り出し、必死でメモを取っていたジョナサンが、緊張した顔でペンを握り締めている。セルジオ氏は首を傾げて、

「たしか……執事から『工房から紙が届いたので、職人に頼んで製本してよろしいですか？』と聞かれたんだ。『自伝など隠居してから書くものだとおっしゃいますが、みなさま引退前からコツコツお書きになっておりますよ？』などとせかされて、ムカついたのを覚えている。たしか、『あと数年は自伝なんぞ書いている暇はない。適当にやってくれ』と答えたな。……そういえば、その後どうなったか、確認していなかった」

セルジオ氏は言い、それからドアに向かって大声で叫ぶ。

「マテオ！　ちょっと来てくれ！」

その声に応えて、さっきの秘書がドアを開けて入ってくる。

「なんでしょうか？」

「私の自伝用に、執事が『ジョヴァンニ・カランティーニ』の紙をオーダーしていただろう？あれがどうなったか覚えているか？　執事が製本の手配をしたのかな？」

「いいえ、まだ製本しておりませんでした」

秘書の答えに、私は思わず身を乗り出す。

「その紙がどうなったか、ご存知ですか？」

「エンツォ様が、お使いになりました」

マテオと呼ばれた秘書が、あっさりと答える。セルジオ氏が驚いた顔で、

「そうだったか？」

「はい。エンツォ様が、『どうせあと何年かは自伝など書かないでしょう。特別な招待状を出したいので「ジョバンニ・カランティーニ」の紙を使っていいですか？』とセルジオ様にお聞きになっていました。セルジオ様は『いいぞ、適当にやってくれ』と答えられました。ちょうどミナト様とお電話をなさっていたので怪しいと思ったのですが……やはり上の空だったのですね」

秘書は言って、ため息をつく。

「エンツォ様がすぐに新しい紙をオーダーなさっていましたので、数カ月後には届くはずで……」

「特別な招待状？　なんのパーティーの招待状か、ご存知ですか？」

私が思わず聞いてしまうと、秘書はかぶりを振って、

「いいえ。パーティーではなく、クルーズへの招待状です」

「招待状というのは、乗船チケットのことですか？」

「いや」

セルジオ氏が、代わりに答える。

「我が社では招待状と呼ばれているが、要するに挨拶状《あいさつ》だ。チケットに同封するもので……」

セルジオ氏が言い、秘書にちらりと視線を送る。秘書はうなずいて、

「少々お待ちください」

部屋を出ていき、すぐにファイルを持って戻ってくる。そこに挟んであったのは、金の箔押《はくお》しがされた豪華な便せん。そこには丁寧な案内文が、手書き風の文字で印刷されている。最後に署名の欄があるが、何も書かれていない。

「これは試し刷りですので、紙は市販のものですが。毎回、ここにエンツォ様が直筆でサインをお入れになります」

「ああ……これのことですか……」

私は、それを見ながら呟く。捜査がらみの時には、船長自らの案内で、チケットなしで乗船させてもらえるのだが……。

「そういえば、私も何度かいただいたことがあります」

あの船で働く愛しいホアンに会うために、バカンスで個人的に乗船したことが何度かある。その時にはもちろんチケットが発券され、さらにこの挨拶状が同封されてきた。サインだけでなく、船長直筆の丁寧なメッセージが書いてあって、思わず微笑んだ覚えがある。そしてそれは、ホアンとともに過ごしたバカンスの、楽しく、そして甘い思い出にもつながっていて……。

「美しいものだし、旅の記念でもありますので、私も大切に保管しています。……そういう乗客も多いかもしれませんね」

「もしも案内状でなくて乗船チケットなら、フロントで回収されていたでしょう。それを調べれば、誰のものが千切られているか、すぐにわかったのに……」

イヴァンが呆然とした声で言う。

「あの……お聞きしてもいいですか？」

セルジオ氏の隣に座ったジョナサンが右手を上げ、秘書に向かっておそるおそる言う。

「その招待状というのは、具体的には何人くらいに発送されているものなのですか？　まさか全員じゃないですよね。一等の客室を予約した人だけに特別、とか……？」

「『プリンセス・オブ・ヴェネツィアII』は、お客様を部屋のランクで区別したりいたしません」

秘書のクールな声に、わずかな苛立《いらだ》ちが含まれる。きっとあの船を愛し、この仕事にプライドを持っているのだろう。

「すべてのお客様宛に、です。『プリンセス・オブ・ヴェネツィアII』の乗客数は、平均二千五百人。ですから、それだけの数を、クルーズごとに毎回発送してきたのです」

「……二千、五百人……毎回……」

ジョナサンが、かすれた声で呟く。ディエゴが、沈鬱な声で私に向かって言う。

「この場合、捜査するとなると……乗客全員の自宅ですか」

「犯人が案内状を食い千切られたことに気づいたとしたら、すぐに廃棄しただろうし……」

イヴァンが、難しい声で言う。

『プリンセス・オブ・ヴェネツィアII』の乗客の数は、この五年間だけでもとんでもない数になっているだろう。しかも、あの船の乗客には、各国の王族や貴族が多数含まれる。アメリカと国交を結んでいない国の乗客も多い。彼らの自宅への捜査となると、政治が絡んだ大きな問題になる。想像以上に困難なはずだ。

「そういえば」

秘書の言葉を思い出していた私は、あることに気づき、祈るような気持ちで身を乗り出す。

「バルジーニ船長は、『特別な招待状を出したい』と言ったんですよね？　それは、『特別な相手』への招待状という意味ではなく、『特別な航海』への招待状という意味では？」

「はい、おっしゃるとおりです」

秘書はあっさりとうなずいて、

「『特別な航海』というのは、今回の南極クルーズのことです。『プリンセス・オブ・ヴェネツィアⅡ』は世界中の海を航海していますが、南極はやはり特別です」

秘書の言葉に、私は愕然とする。

……南極クルーズ……。

「南極クルーズは乗船料も高額ですし、体力に自信のある方のみになります。なので乗客はいつもより少なめで……少々お待ちください」

秘書はスーツの内ポケットから薄い手帳を出し、それをめくる。

「……乗客数は、千二百五十名。その全員に、特別な招待状は発送されました」

その言葉に、私は呆然としながら思う。

……犯人が、今、あの船に乗っている可能性があるということか……？

「被害者の、共通点を教えてくれないか？」

セルジオ氏が、何かを深く考えるような声で言う。私は、

「共通点は、とても曖昧《あいまい》です。上流家庭で大切に育てられた子息、高い教育を受け、容姿が端麗。出身国も、出身校も、職業もバラバラでした。共通の趣味もなく、SNSなどでのつながりもありません。年齢は十七歳から二十九歳まで。いずれも容姿は端麗ですが、がっしりとした筋肉質タイプの欧米人もいれば、ほっそりと優雅な東洋人もいました」

「高い教育を受けた、容姿端麗で若い良家の子息……もしも、それだけの理由で被害者が選ばれていたとしたら……」

セルジオ氏が、低い声で言う。

「……ターゲットには、乗客だけでなく、乗務員も含まれているかもしれないぞ」

彼の言葉に、私はハッと息をのむ。セルジオ氏は、

「『プリンセス・オブ・ヴェネツィアⅡ』には、優秀というだけでなく、若くて容姿端麗な乗組員が揃っている。中でも人気が高いのが、コンシェルジェのウイリアム・ホアン、フランツ・シュトローハイム、航海士のクリース・ジブラルの三人。そして……」

彼は一瞬言葉を切り、それから沈鬱な声で続ける。

「……船長である、私の息子のエンツォ・フランチェスコ・バルジーニ。そして、私の息子も同然のミナト・クラハラ。彼らなら、被害者の条件にすべて当てはまる」

その言葉を聞いた瞬間、背筋をぞっと冷たいものが走った。

……愛おしい恋人であるホアンはもちろん、ほかの全員も私の大切な友人だ。

彼らに危険が迫っているのなら、絶対に守りたい。しかし……。

……今回挙がった容疑者は、『プリンセス・オブ・ヴェネツィアⅡ』の件だけで千二百五十人。

さらに別の部下が聞き取りをしている方向からも、容疑者はどんどん挙がり続けている。

その時、私の上着の内ポケットの衛星携帯電話が振動した。プライベート用のものとは別の、仕事用の専用電話だ。

「すみません、失礼します」

私はセルジオ氏に断って携帯電話を取り出し、それが部下の一人からであることに気づいて、嫌な予感を覚えながら通話ボタンを押す。

「リンだ」

『リン中尉、大変です！』

電話の向こうで叫んだのは、ワシントンの本部に残っていた部下の一人、加藤《かとう》だった。

『また遺体が発見されました！　場所はニューヨーク、サウス・ブロンクス図書館の地下。被害者は男性が五名、そして……』

加藤は深呼吸をしてから、震える声で言う。

『……全員が、生きているかのようなエンバーミングを施されていました』

……なんてことだ……。

◆

セルジオ・バルジーニ氏のホテルを出た私達は、タクシーを飛ばして北へ向かった。

マンハッタンの中心地、五番街にあるセント・レジス・ニューヨーク・ホテルからサウス・ブロンクスまで、それほどの距離はない。だが、ハーレム川を渡り、ヤンキースタジアムを過ぎると、治安はまったく別の国のように悪化する。

「本当に勘弁してくださいよ、お客さん」

まるでプロレスラーのように大柄なアフリカン・アメリカンの運転手が、泣きそうな声で言う。

「サウス・ブロンクス図書館まで行くなんて、言わなかったじゃないですか。聞いたら絶対に乗せなかったのに……」

「だから言わなかったんだよ」

後部座席のディエゴが、ため息まじりに言う。彼はニューヨーク育ちなので、この周辺にも詳しい。正直に行き先を言えば、乗車拒否をされることをよく知っている。サウス・ブロンクス図書館は、このニューヨークの中でも一、二を争う危険地区にあるからだ。

「安心しろ、捜査をしている間おとなしく待っていてくれれば、帰りも護衛するから。俺たちがNCISでラッキーだったな」

ディエゴの言葉に、運転手がため息をつく。

この周辺にはプロジェクトと呼ばれる低所得者向けの古い集合住宅が立ち並んでいるのだが、建物の窓も、通りも、とても暗い。だがよく見ると、ビルの割れた窓の中や、ゴミが溢《あふ》れた路地から、こちらを注視している人間が何人もいる。

「……これが、サウス・ブロンクスですか……知らなかった世界です……」

ディエゴとイヴァンに挟まれて後部座席に収まっていたジョナサンが、呆然とした声で言う。

「怖いんだろう？　まあ、わからないでもない。だからホテルに帰れと言ったのに」

イヴァンがため息まじりに言うが、ジョナサンは覚悟を決めたような声で、

「いいえ、僕は一人前のプロファイラーを目指しているのです。さまざまなタイプの人間を観察し、データを集め、それを分析するのがプロファイラーの仕事です」

「ジョナサン」

私は少し心配になって、彼を振り返りながら言う。

「その心意気は立派だが、君はまだ研修が明けたばかりの新人だ。無理をする必要はない」

「大丈夫です。今度こそ失神しませんから。僕は……あの犯人がいったい何を考えているのか、そしてどんな人間なのかを知りたいんです」

顔を厳しく引き締めた彼が、ふと、いつもとは別人のように見える。

「彼がどんな過去を持っているのか、心にどんな傷があるのか、そして、どんな理由があって、人を殺してしまうのか……どうしても知りたいんです」

……彼もまた、一人のプロフェッショナルということか。

ディエゴがシートの間から身を乗り出しながら、

「あれが、サウス・ブロンクス図書館です」

前方にそびえる建物を指差す。闇に浮かんだそれは、まるで陰鬱な廃城のようにも見える。

「ある政治家が、この周辺の子供に教育を、というスローガンを掲げて、歴史のある建物を改装したのですが……」

ディエゴが、周辺を見渡しながら言う。

「……あまりに無謀な計画でした。サウス・ブロンクス図書館は、開いて数日で貴重品がすべて盗まれ、館長や司書は命からがら逃げ出し……今はただの廃墟だそうです」

タクシーが角を曲がると、図書館の正面入口前の街灯の下に、制服警官が二人とスーツ姿の男が二人、立っているのが見えた。黄色い規制線のテープが張られてはいるが、サーチライトもなく、まだ鑑識が到着していないことが解《わか》る。

「ちゃんと待ってるんで、帰りの護衛はお願いしますよ。ここに来るのは、本当に命がけなんだから」

運転手がぶつぶつ言いながら、タクシーを停める。私達が車を降りると、若い男が二人、駆け寄ってくる。二人ともワイシャツとネクタイ姿だが、その上に『POLICE』と書かれた分厚い防弾ベストを着けている。

「ニューヨーク市警、殺人課のニールセンとエイムズです。NCISのリン中尉でありますか？」

「デイビッド・リンです。よろしく」

「よろしくお願いします。……最初の通報があってから、まだ二十分なんです。怪しい人間が中にいないか、さっき一応確認はしましたが、なにせだだっ広くて。被害者があの状態では、犯人がまだいる可能性は低いと思うんですが……」

ニールセンが言い、隣にいたエイムズが気味が悪そうに続ける。

「人の気配を感じるんです。捜査している間中、どこかから何か聴こえるような気がして……。場所は特定できなかったので、もしかしたら通風口を伝って、外の音が聴こえたのかもしれませんが……」

「わかりました。被害者を発見した場所は？」

私は制服を着た警官に上着を預け、防弾ベストを身に着けながら言う。エイムズが、

「正面玄関を入ると、広いエントランスホールになっています。正面の螺旋《らせん》階段を下ると、地下に書庫だった部屋が並んでいます。被害者達はその地下の、一番奥の部屋です」

「わかりました」

私はうなずき、ポケットから出していたインカム式の無線機を耳に取り付ける。全員が装備を整えているのを確認する。

私は脇の下のショルダーホルスターから愛用のMk.24 Mod.0を取り出す。ドイツ製の四十五口径で装弾数九発の自動拳銃だ。

ジョナサンが手慣れた仕草で弾を充塡《じゅうてん》し、トリガーのロックを外すのを見て、ニールセンが少し驚いた顔をする。ジョナサンは真剣な顔で、

「こう見えても、僕、射撃は得意なんです。体力がないのでその分頑張らなくちゃと思って、たくさん訓練していますから。お任せください」

その言葉に、ニールセンは戸惑った顔でうなずいている。

「そ、それは頼もしいですね」

「……行くぞ」

私は先頭に立って正面玄関への短い階段を上る。両開きの扉の脇に立ち、ゆっくりと扉を開けて確認用の小型の鏡をかざす。月明かりに照らされたエントランスホールに、人影はない。

「……Clear《異常なし》」

私はインカムに囁いて、エントランスホールに滑り込んで柱の陰に入る。

「……たしかに、何か聴こえますね」

後ろに続いているジョナサンの囁き声が、インカムから響く。私は驚いて耳を澄ませるが、何も聴こえない。

「……通風口か？」

「……それもありますが……それとは別に何かが。きっと、音源は上です」

ジョナサンの言葉に、私は心を決める。

「地下の書庫よりも先に、そっちをチェックしよう。もしかしたら犯人が潜んでいるかもしれない。……続け」

囁いて、足音を殺して絨毯《じゅうたん》の敷かれた階段を駆け上る。三人があとからついてくるのを確認しながら二階の踊り場の柱の陰で止まり、そこで耳を澄ませる。

「……まだです。もっと上です」

ジョナサンの言葉に従って、さらに階段を駆け上る。そして三階の踊り場で、やっと何かが聴こえてくることに気づく。私はハンドサインで、続け、の命令を出し、音源に向かって走る。そして一つの部屋の前で立ち止まる。

頑丈で、やけに豪華な彫刻の刻まれた木製の扉。『館長室』と刻まれた金属製のプレートが取り付けられている。私は両手で銃を構えて扉の脇に立つ。手を伸ばしてノブに触れると、それは意外なほど簡単に回った。音を立てないようにしながら慎重にドアを押して、三センチほどそれを開く。中から聴こえていた微かな音楽が、わずかに大きくなる。

……アストル・ピアソラの『Libertango《リベルタンゴ》』……。

情熱的なタンゴのメロディーと、廃墟のような図書館の光景が噛み合わない。そのアンバランスさに、私は目眩《めまい》を覚えて思わず動きを止める。

……何をしているんだ、私は。

私は自分を叱り、ドアの隙間に再び鏡をかざす。鏡に映る室内は月明かりだけで薄暗いが、視認できる範囲に少なくとも人影はない。だが、音楽に混ざって何かがカタカタと不安定に揺れている音がしている。待機している三人にうなずいてみせ、一気にドアを開く。

「Freeze《動くな》！」

両手で銃を構え、叫びながら部屋の中に入るが……。

大きなライティングデスクとソファのある部屋の中には、誰もいなかった。ディエゴとイヴァンが素早く部屋の中に滑り込み、壁際にあるいくつかの扉を次々に開いて中を確認していく。

「……Clear」

「……Clear」

扉はいずれも書棚につながっていたが、価値のある本は盗まれた後なのか、棚はガラガラだ。

そして人が隠れる余地はない。

「音はこっちからです……でも開きません……」

もう片方の壁際にある扉の前で、ジョナサンが言う。

「どけ！」

私は叫び、力一杯ドアを蹴る。蝶番《ちょうつがい》の外れたドアは大きく開き、壁に当たって跳ね返る。

「Freeze！」

私は叫び、銃を構えて突入するが……その向こうにあったものを見て息をのむ。

「……ああ……」

私の後ろから銃を構えて入ったジョナサンが、大きく息をのむ。

「ジョナサン、大丈夫か？」

私の言葉に、ジョナサンが震える声で答える。

「……大丈夫です……でも、彼が可哀想です……」

そこは、図書館の中でも特に貴重な本が保管されていたらしい。ほかの場所の荒れように比べて、ここだけは不思議なほどに片付いている。壁際に並んだガラスケースには革表紙の本が丁寧に展示され、絨毯の上にはアンティークらしいライティングテーブルと椅子が一つ。ライティングテーブルの上には、アダプターにつながれたままのスマートフォンが置かれている。音楽はそのスピーカーから流れていた。そしてスマートフォンの隣には、小さなプラスティック製の人形。音に合わせて動くおもちゃのようで、黒い燕尾服を着た男が音楽に合わせて踊っている。カタカタという微かな音は、それが立てていた音らしい。そして……。

正面のひときわ大きなガラスケースの中には、教会で見たものとよく似た……。

「大丈夫か、ディエゴ？」

ガラスケースの前に立ったディエゴが、銃をだらりと垂らし、驚愕した顔で立ち尽くしているのに気づいて、私は声をかける。彼はその遺体に視線を釘付けにしたまま、

「……信じられません……」

その遺体は綺麗な金髪と陽灼けした肌、がっしりとした身体を持つ二十代後半くらいの人物。腰を覆う薄い布以外は、やはり何も身に着けていない。筋肉の盛り上がった逞《たくま》しい肩には、ネイビーブルーの入れ墨がある。入れ墨のモチーフは、私達海軍の人間には見慣れたもの。『fouled anchor』と呼ばれる縄のついた錨《いかり》に、『USN』の文字が組み合わせされている。言わずと知れたアメリカ海軍、『United States Navy』の略だ。

「知り合いか？」

私の言葉に、ディエゴは微かにうなずく。

「新兵の時、訓練で同じ艦に乗っていました。ノーラン・ブラウン。陽気なやつで、厳しい訓練中もおどけてはよく笑わせてくれました。同期で一番のハンサムで、ダンスが得意で、休みになると、すぐに『誰か一緒に踊りに行かないか？』と……」

ディエゴは呆然とした声で、

「一月ほど前、急に電話があって、『話したいことがある。久しぶりに会わないか？』と言われました。でもちょうど大きな事件の捜査中だったので断ってしまって……そうしたら、『また連絡するから踊りに行こうぜ』って……前と全然変わらない口調で……」

ディエゴは言葉を切り、彼の足下につけられた真鍮のプレートを見下ろす。

「『ノーラン・ブラウン　享年二十六歳　アメリカ海軍上級准尉』……あいつの人生が、こんなプレート一枚に……」

彼は下を向き、肩を震わせながら言う。

「絶対に許しません。あいつをこんなふうにした犯人を……俺は、絶対に許しません」

「もちろんだ、犯人は絶対に捕まえる。約束する」

私が言うと、ディエゴはうつむいたままで深くうなずく。イヴァンが気の毒そうな顔で、ディエゴの肩を抱く。

「気持ちはわかる。少し廊下で落ち着いた方がいい。……少し出てもいいですか？」

イヴァンの言葉に、私はうなずく。イヴァンがディエゴの肩を抱いたまま、二人は部屋を出ていく。私は二人の後ろ姿を見送り……そして、遺体に真っ直ぐに向き合う。

……彼も、どこかに何かの証拠を残してくれているかもしれない。それを見逃してしまうことは許されない。

私は深呼吸をして心を落ち着け、それからポケットから出した小型の懐中電灯で照らしながら彼の身体を詳細に検分する。ケースから出された後、彼は検視局に運ばれ、検死官が詳しく調べることになるが……ほかの人間が手を触れた後では、遺体の状態が変わってしまう。できるだけ人が入っていない状態の、まだ犯人の息づかいが聴こえるような場所で、こうして耳を澄ませ、目で確かめることが重要で……。

彼の身体にはやはり衣類の痕がない。きっと裸のまま、もしくは緩い服装だけの下着も許されない状態で、数時間、もしくは数日を過ごしたに違いなく……。

……彼は訓練を受けた軍人だ。相手の精神状態が普通と違うことにきっと気づいたに違いない。そんな犯人と一対一で対峙《たいじ》することがどんなに恐ろしく、その手にかかることはどんなに悔しかったか……。

彼の顔は眠っているかのように穏やかで、その身体には傷一つない。祈りの形に固定された両手の間を懐中電灯で照らすが、中に異物は見当たらない。顎《あご》に力は入っておらず、何かを歯で食い締めている様子もない。

「……リン中尉……」

後ろにいるジョナサンが、不安そうな声で言う。私は、

「怖いのなら、廊下に出ていていい。犯人の息づかい、そして被害者の彼が必死で残したかもしれない証拠を、私は絶対に見逃すわけにはいかないんだ」

「……そう……ですよね」

ジョナサンが言って、私の脇に立つ。

「もしも彼が何かを残せるとしたら、自分の身体にだけですよね……」

そして私がいるのとは反対側、遺体の左側を自分の懐中電灯で照らし、詳細に検分していく。

「監禁された場所に、身体に印を刻めるような刃物類があったとは思えない。それに犯人に見つかったら、容赦なくその部分を削られてしまった気がする。それがないということは……」

私はあることに思い当たって、彼の入れ墨の部分を照らし、ガラス越しに顔を近づける。

「何かが見える。わずかに赤い痕がある。爪で傷つけたような」

私の言葉に、ジョナサンが驚いたように身を震わせる。

「本当ですか？　あ……たしかに見えます。死後、浮かび上がったんですね」

微かに見えているのは、とても不可思議な痕。

「……『I』、『<』『Λ』、『E』……？」

「もし『I』と『<』じゃなくて『K』、山みたいな『Λ』のマークが『A』なら、『KAE』？　意味がわかりません。何かの暗号？　それとも海軍出身の人だけにわかる隠語とか？」

ジョナサンが言いながら、その形を一生懸命メモし、さらにポケットから出したデジタルカメラで何枚も撮影をしている。私は、

「最近の暗号では、思い当たらないな。海軍の略語でもピンと来るものがない」

青ざめたディエゴが部屋に戻ってきたことに気づいて、私は振り返る。

「ディエゴ。彼が遺《のこ》した言葉だ。それに近い言葉に、心当たりはないか？　仲間同士の隠語かもしれない」

ディエゴはジョナサンが書いたメモを眉間に深い皺を寄せて見つめ……それから何かを決心したような顔で、

「俺には思い当たりませんが、仲間達に連絡をして、心当たりがないかを聞いてみます」

言った時、窓の外に眩《まばゆ》い明かりが見えた。サイレンはさすがに鳴らしていないが、たくさんの赤色灯が回っている。ニューヨーク市警の面々が到着したのだろう。

◆

「間違いない。これはノーランのスマートフォンです。俺のメールもちゃんと残っています」

部屋の隅に立ち、証拠用のビニールに入れられたスマートフォンを確認していたディエゴが、苦しげな声で言う。

ノーラン・ブラウン上級准尉の遺体は検死官の手でガラスのケースから出され、検死局に運ばれた。私達は苦しい気持ちで敬礼をし、彼を見送った。

「英国出身のノーランはソシアル・ダンスが踊れるようなお坊ちゃんだったんですが、一番気に入っていたのはタンゴでした。同期にブエノス出身のやつがいて彼に教わったとか。『Libertango』は特に好きで、よく聴いていました」

館長室の中には、ニューヨーク警察のメンバーが溢れている。図書館内には眩いサーチライトがたかれ、さっきまでとはまったく別の場所のようだ。ニューヨーク市警の鑑識班が部屋のあちらこちらに散らばって指紋の有無を調べている。

結局、この図書館内で発見された遺体は六体。そのうち五体は地下、ノーランの遺体だけがこの館長室に置かれていた。

煌々《こうこう》と照らされたほかの部屋とは違い、この館長室は明かりをつけずに暗いまま。鑑識班が色のついた懐中電灯のようなもので部屋のあらゆるところを照らしている。

昔は部屋のあらゆる場所にナトリウムの粉を振りかけて指紋を捜したものだが、今は特殊なゴーグルをかけ、ALS光源装置を使う。この装置を使って特殊な光で照らすと、肉眼では見ることができないわずかな指紋や体液、繊維などの証拠が浮き上がって見えるのだ。

「……リン中尉」

鑑識班のチーフが、とても複雑な顔で私を呼ぶ。高齢の彼は私を見つめて、

「こんな気味の悪い現場は初めてです。遺体が特殊というだけでなく……ともかく、これで確認していただけますか？　あとで上層部から怠慢《たいまん》だと言われたら困るので、証人になってください」

私は彼からゴーグルを受け取り、それを通して部屋の中を見回す。

「ご存知のとおり、これを使えばあらゆる場所に残された指紋が浮かび上がるはずなのですが
……」

鑑識班のチーフが、普通なら指紋が残されるはずの場所を特殊なライトで次々に照らしていく。

部屋のドアノブ、ガラスケースの鍵の部分、そしてガラスケースの内側。

「……何もないでしょう？　まるで何事もなかったかのようにピカピカだ。ゴム手袋をすれば指

紋を残さないことは可能なのですが……それらしき場所に繊維片や毛髪も見当たらない。実は、別の遺体が発見された地下の書庫も同じ状態でした。ああ……この付近にあるのは、捜査官の服の繊維片でしょうな。あとでみなさんの服からも繊維を採取させていただきますが……」

その言葉に、私は改めて寒気を覚える。そして、

「同一犯の犯行現場と思われるサンアントニオの現場からも、同じように犯人につながる証拠は何も見つかりませんでした」

「犯人はとんでもなく潔癖な人間……というよりは、鑑識に詳しいマニアのような気もしますな」

鑑識班のチーフがため息をつく。ゴーグルを外しながら、

「例えばこのALS光源装置を使えば、証拠を綺麗に拭き取ることも可能ですし、今は指紋どころかDNA情報すら消してしまう薬品も作られていますからね」

言ってため息をつく。私はディエゴを振り返って言う。

「スマートフォンの隣にあった、あの小さな人形に、見覚えはあるか？」

私の言葉に、ディエゴはうつむいたままうなずく。

「あります。あいつお坊ちゃんのくせにああいうくだらないものを集めるのが好きで……家にはいろいろな国の土産が飾ってありました。あれはたしか、タンゴが盛んな……どこだったかな？」

「タンゴというと……アルゼンチンのブエノスアイレスですか……？」

心配そうな顔で隣にいたジョナサンが、遠慮がちに言う。ディエゴはうなずいて、

「ああ……そうだった。たしか、ブエノスアイレスの土産だと言っていました」

「……ブエノスアイレス……」

……そういえば、今日あたり、『プリンセス・オブ・ヴェネツィアⅡ』はちょうどブエノスアイレスを出航した頃だ。

ふと、何か不吉な予感が、私の胸をよぎる。ディエゴは苦しげな声で、

「ブエノスアイレスで、金髪のすごい美人に出会ったと自慢していました。一緒にタンゴを踊れてとてもラッキーだった、人形はその記念だと。ノーランらしい……」

……被害者が噛んでいたあの紙、『プリンセス・オブ・ヴェネツィアⅡ』の招待状、ブエノスアイレス……なぜか、とても嫌な符号を感じる。

この仕事についてから、自分の勘が不思議に当たることに気づいた。仕事を教えてくれた老捜査官からは『それが捜査官の勘というものだ。疑わず、信じて進め』と言われてきた。

……今回の事件の証拠はあまりにも少なく、この嫌な予感にはなんの根拠もない。ただ、恋人であるホアンのことが心配で、あの船のことが気になるだけかもしれない。だが……どうしてこんなにも不安定な気持ちになるのだろう？

私は後ろに控えていたジョナサンに、

「君の、プロファイラーとしての意見を聞かせて欲しい。サンアントニオの事件と同一犯か？」

ジョナサンは、何かを深く考えるような顔をしてから、

「遺体が特徴的なことを除いても……ここまでするのは、どう考えても尋常ではありません」

呟くような声で言う。

「僕は、サンアントニオの事件と同一犯の犯行だと思います。遺体を運んだり証拠を消したりする手伝いをした人間は複数いるかもしれませんが、主犯は一人。先天的なサイコパスではなく、後天的なソシオパスと言われる反社会的な人格の持ち主だと思います」

「犯人の特徴は？」

「サンアントニオの時と同じく、遺体の頸部《けいぶ》に注射痕があります。毒殺の場合、統計的には女性の犯行が多いと言われています」

ジョナサンが何かを考えるような顔をして、

「一般的に言って、男性は『狩り』のために殺しますが、女性の場合は『蒐集《しゅうしゅう》』のために殺します。保険金殺人で女性の犯人が多いのは、金銭欲というよりはお金を『蒐集』したいという欲求からなのだと言われています。もしもハンサムな男性を自分だけのコレクションとして『蒐集』したい、という理由で殺したのだとしたら、犯人は女性かもしれません」

「犯人の特徴は？」

「特殊な過去を持つ場合が多い男性の連続殺人犯とは違って、女性の連続殺人犯は、平凡な家庭に育ち、平凡な教育を受け、世の中のためになる仕事についている好人物が多いと報告されています。年齢は二十代から三十代。遺体を火葬しないアメリカではエンバーミングは一般的な技術なので、その資格を有して葬儀会社に勤務している女性のエンバーマーということも……」

ジョナサンは滔々《とうとう》と話し……ふいに言葉を途切れさせる。それから急にがっくりと肩を落として、

「すみません。これは訓練所で教わった、マニュアルそのままの犯人像です。でも……」

彼はうつむいたまま、苦しげな声で言う。

「なぜか、その犯人像では不自然な気がしてしまいます。被害者は並外れて美しい男性ばかり、発見現場はいずれも歴史のある美しい建築物の内部、そして面倒な手間をかけても証拠になるものはチリ一つ残さない。人好きのする平凡な女性という犯人像は、噛み合わない気がするんです」

ジョナサンは目を上げるが、その目にはどこか不安な陰がある。

「経験が少ないプロファイラーですみません。僕の師匠に当たるベテランの元プロファイラーにも、後で相談をしてみますが……でも……」

ジョナサンはその澄んだ水色の瞳で、私を真っ直ぐに見つめながら言う。

「犯人は、自身も並外れて端麗な容姿を持つ、洗練された、とても高い知能の持ち主だという気がします。実は知能指数のずば抜けて高いソシオパスは、大企業の経営者や弁護士、高名な研究者などの中に紛れ込んでいることが多いんです。ソシオパスの大きな特徴は衝動的な破壊欲求ですが、彼らの場合は自分の行動をある程度制御できるので、見分けるのがとても難しいんです」

その時、ポケットの衛星携帯電話が振動した。私はそれを出し、液晶画面に表示されているのが、ＮＣＩＳの鑑識のオーガスタのナンバーであることに気づいて眉を寄せる。

……ただの報告にしては、時間が遅すぎる……。

「リンだ」

私が電話に出ると、相手は息せき切った声で、

『サンアントニオの教会で見つかった被害者の一人の足の爪の間から、ごくわずかな砂が発見されました。かなり特殊な成分で、調べたところ、ヴェネツィアの干潟《ひがた》の泥が乾いたものではないかと』

「ヴェネツィア？」

『被害者は、ヴェネツィアに関係する場所、もしくはヴェネツィアのどこかに監禁され、殺害後になんらかの方法で発見現場の教会まで運ばれたのかもしれません。それから……』

彼は何かを考えているような声で、

『さきほど、NCISに電話が。ちょうど残っていた私がそれを取りました。二十代くらいの男性の声で、「連続殺人のニュースを見ました、犯人に心当たりがあります」と。そして、この捜査の責任者……あなたですね……に、伝言を頼まれました』

「伝言？　なんと言っていた？」

『ええと……「ヴェネツィア大学のパヴァロッティ博士の研究室で、不審な物を目撃しました。そこを調べてください」と。そのまますぐに通話を切られました。発信元はヴェネツィア市内。プリペイド携帯だったようで持ち主が特定できませんでした。なのでただのいたずらなのかもしれないのですが……パヴァロッティという人物はたしかに存在し、ヴェネツィア大学の教授です』

……ヴェネツィア大学……。

その名前には、もちろん聞き覚えがある。ヴェネツィアに二つある大学の一つで、世界的な一流大学。『プリンセス・オブ・ヴェネツィアⅡ』のバルジーニ船長の出身校で、彼の恋人である湊さんの志望校。さらにバルジーニ船長の叔父であるブルーノ・バルジーニ博士は、そこで教鞭《きょうべん》をとっているはずだ。私は礼を言って電話を切り、部下達を振り返る。

「犯人を示唆《しさ》する匿名《とくめい》の通報があった。もしかしたらいたずらかもしれない。だが、今はすがれるものにはすべてすがりたい。……一番早い飛行機でヴェネツィアに向かう。申し訳ないが、今夜のベッドは飛行機の座席だ」

「もちろん、お供《とも》します」

ディエゴが覚悟を決めた顔で言い、イヴァンがうなずく。

「すぐに向かいましょう。これで、事件が解決するかもしれません」

スマートフォンを取り出して何かを調べていたジョナサンが、小声でどこかに電話をかけている。それから、

「民間機だとあと五時間はヴェネツィア行きがないので、海軍基地に電話してみました。ローマの航空ショーでデモンストレーション飛行の予定があるので、ヴェネツィア・テッセラ空港に寄って、そこで降ろしてくれるそうです。出発はJFK空港から、四十分後です。急がないと」

「偉いぞ、ジョナサン。NCISの水にどんどんなじむな」

イヴァンが言い、ジョナサンが嬉しそうにうなずく。私はジョナサンに、

「どうもありがとう。とても助かった。……すぐに向かうぞ」

◆

「こんな時間に、本当に申し訳ありません」

夕方五時のヴェネツィア大学。ガラスとコンクリートを多用した近代的な校舎の廊下を、私達は歩いている。ちょうど休日に当たっているせいで学生の姿はなく、学校が雇っているのであろう庭師達が、中庭の緑の木々に水をやっている。夕暮れの光にそれがキラキラと煌めいて、やけに牧歌的な雰囲気だ。

「研究旅行にお出かけになる直前だったとか。お忙しかったでしょう」

私は、前に立って歩く男性の後ろ姿に向かって言う。彼は鷹揚に笑って、

「ははは、気にしないでいいですよ。明日の昼過ぎには出発だから、明日は早く来て荷物をパッキングしようと思っていましたし。今のうちにやってしまおうかな」

のんびりとした声で言う。

「なんと言っても、今回の取材旅行は南極ですからなあ。荷物も大変で……」

彼はマリオ・パヴァロッティ博士。このヴェネツィア大学の教授で、世界的に有名な古生物学者でもある。

自宅に押しかけた私達を、彼は休日にもかかわらず親切に迎え入れてくれた。そしてある事件の証拠が彼の研究室にあるかもしれないという私の話を丁寧に聞き、すぐに案内すると申し出てくれた。

到着早々の大捕り物を覚悟していた私達は、なんとなく拍子抜けした気分だ。

彼の年齢は七十歳。身長は私よりも二十センチは小さいだろう。恰幅《かっぷく》のいい身体を白い綿シャツに包み、首にはチェックの蝶ネクタイ。だぶだぶのツイードのパンツをサスペンダーで吊っている。髪は見事な白髪、丸顔にはサンタクロースのような白い髭。浮かんでいるのは、人好きのする笑み。冷酷な殺人鬼というよりは……子供向けアニメーションに出てくるキャラクターのようだ。

「さて、到着！」

彼は言って金属製のドアの前で立ち止まる。さすがに設備は最新で、指紋と網膜と声紋の認証装置のほかに、パスワードも入力している。彼は慣れた様子でそれを解除し、ドアを大きく開く。

「とても厳重な警備ですね」

私が言うと、パヴァロッティ博士は笑って、

「平日の昼間は学生がしょっちゅう出入りするので開けっぱなしですけど、休みの日や夜は一応ちゃんと鍵をかけてます。普通の人にはゴミにしか見えなくても、私達研究者にとってはけっこう貴重な物も保管してあるのでね。……ちょっと散らかっているけど、どうぞ。研修旅行のたびにいろいろ採取してくるから、何か事件の参考になるものも紛れているかもしれない」

「ありがとうございます、ご協力に感謝します」

私は言いながら部屋に入り、その惨状に目を見開く。

「私は適当に準備をするので、自由に捜してくれていいですよ」

彼は言いながら、部屋の奥に入っていく。部屋の内装はシンプルだがかなり広い。だが、部屋

のほとんどのスペースは巨大な本棚で埋まっていて研究室というよりは書庫のようだ。本棚の隙間の床、そして部屋の手前に置かれた大きなデスクの上はとんでもない状態で、書類や本が積み上げられ、その上にさらに飲みかけのペットボトルやドーナツの空き箱がいくつも置かれている。それらは傾き、微妙なバランスを保っているだけなので、ほんの少しでも触れたらそれが崩れて大惨事になりそうだ。

ディエゴとイヴァンが私に続いて部屋に入り、そして顔を見合わせている。

「うちの准教授と助手が綺麗好きで、いつも掃除をしてくれるんだけど……すぐこうなっちゃうんだよね。しかも彼らは勉強熱心だから、ほかの大学での研究発表にもどんどん参加していて、最近研究室を空けることも多くて……」

「わあ、なんだか大学時代の研究室を思い出します。犯罪心理学を専攻していたので、こういうもの、たくさんありました」

ジョナサンが平然と言って、棚に並ぶ、得体の知れない物の入ったガラス瓶を眺めている。

「あの、先生。ドーナツの空箱とペットボトルは、片付けても大丈夫でしょうか？」

まるで学生のような気楽さで言う。パヴァロッティ博士はニコニコしながら、

「ありがとう。適当に片付けて、適当に捜していってよ」

彼は言いながら部屋の片隅に座り、段ボール箱にさまざまなものを詰め込み始める。

「パヴァロッティ博士、あの扉の向こうは……」

私は部屋の向こう側にあるドアに気づいて言う。

「ああ……そっちは倉庫。ここ以上にカオスだから、もう半年くらい入ってないよ」

「そちらも見せていただいても？」

「かなり散らかっているよ。積まれている段ボール箱が崩れたら危険だし……研究旅行から戻ったら大掃除をする予定だったんだけど、それからじゃダメかなあ？」

彼は気乗りのしない口調で言う。

「あの、せっかくお邪魔したので、そちらの部屋の片付けも手伝います。大学でも、よく研究室の片付けをしていましたし」

ジョナサンが言い、博士が苦笑する。

「君も捜査官さんなんだよね？　悪いねえ。本当に、適当でいいから……」

彼が立ち上がり、ドアに近づく。金属製のドアの脇には、入り口にあったのと同じ厳重な電子錠があった。彼は慣れた様子で小型モニターの前に立ち、網膜と指紋と声紋を照合する。

「こちらも電子錠がないと開けられないのですね。かなり厳重です。ほかに、研究室のドアを開けられるメンバーは？」

パスワードを打ち込んでいる彼に、私は言う。彼は苦笑して、

「研究室の入り口はうちの准教授と助手くんも登録してますよ。私が研究旅行などに出ている間、学生達が自由に使えるように。そういえば隣の研究室のブルーノくんも登録してて、ここに来ては昼寝してます。彼はファンが多いから、自分の研究室ではゆっくりできないみたいでね」

「では、その倉庫のドアも、そのメンバーが登録を？」

「ああ、いや……こっちのドアの登録は私だけです。ほかの研究室では、貴重な研究材料の保管庫にしていたりするから、学校側がけっこううるさくて。うちは本当に大事なものは大学の図書館にある資料室に保管してあるから、ここはただの倉庫なんだけどね」

　彼は言いながら解錠し、扉を開いて……。

「……はあ……っ？」

　いきなりおかしな声を出す。彼の脇から中を覗いたジョナサンが、

「先生、ご冗談ばっかり。全然散らかってなんか……」

　言いかけて、ふいに息をのむ。パヴァロッティ博士が、

「な、なんなんだ、あれはっ？　誰かのいたずらかっ？」

　叫んで真っ青な顔で後ずさり、その場に尻餅《しりもち》をつく。

　部屋の中は想像とはまったく違い、チリ一つなく片付いていた。部屋の隅にシンプルな棚、真ん中には金属製の大きなデスク。そしてデスクの上には、一人の男性が横たわっている。茶色の髪の逞しいハンサムだが、肌が蠟《ろう》のように白く、エンバーミングが施されていることが解る。

「リン中尉！」

　素早く部屋に入ったディエゴが、捜査用の手袋をはめた手で、テーブルの脇に落ちていた便せんを拾い上げる。折り畳まれたそれは美しいヴァニラ色を帯び、とても高価そうで……。

……これは……。

　私は手袋をしてそれを開き、『プリンセス・オブ・ヴェネツィアⅡ』の南極クルーズへの招待

状であることを確認する。ブルーブラックのインクでバルジーニ船長の直筆のサインがあり、見慣れた筆跡でパヴァロッティ博士宛のメッセージが書かれている。そして便せんの端には……。

「歯形がある。そして噛み千切られた痕も」

私が振り返ると、床に座り込んでいたパヴァロッティ博士は必死の表情で、

「その招待状は、デスクの引き出しにしまっておいたはずだ。どうしてこの部屋の中に？　そして、そこにあるのは人形ではなく、人間の遺体なのか？　状況が、まったく理解できない……！」

「パヴァロッティ博士。とても残念ですが……南極に出発することは、許可できません」

「……そんな……」

博士は愕然とした顔で私を見上げる。

「まさか、私がそこにいる男性を殺したと思っているのか？　そんな人は見たこともないし、今の今まで、そんなものが自分の研究室にあるなんて……」

「ALS光源装置と、DNAリムーバーです。これがあれば、ほかの事件現場のように、証拠がまったくない部屋を作ることが可能です」

イヴァンが、部屋の隅の棚に置かれていた装置とゴーグルを示しながら言う。

「あの、ここ……」

イヴァンの隣で棚を見上げていたジョナサンが、苦しげな声で言う。

「……試薬瓶と注射器が並んでいます。記号からして、毒薬と思える薬品も……」

「ほかの事件現場？　毒薬？」

博士が、混乱した様子で言う。

「ほかにも同じような事件が起きているのか？　もしかして……最近連日ニュースになっている、アメリカで起きた連続殺人事件？　まさか、ほかの遺体も……」

「詳しい報道はされていませんが、毒殺され、すべての遺体に見事なエンバーミングが施されていました。そしてあなたはかつて、エンバーミングにおいては欧州一と言われた人だ」

私の言葉に、彼は目を大きく見開く。

「爬虫類のエンバーミングと、人間のエンバーミングはまったく違う！　たしかに若い頃にはそういうチームにいたし、有名政治家の遺体にエンバーミングを施したこともあるが……」

「詳しいDNA鑑定をするまで断言はできませんが……この招待状の歯形は、ある事件の重要な鍵だと思われます。被害者の一人の口から、これと同じ特殊紙の紙片が見つかっています」

私が証拠用のビニールに入れた便せんを示すと、彼はさらに驚愕した顔になる。

「あなたは、今から、ある事件の重要参考人になりました。このままワシントンのNCIS本部まで、同行していただきます」

……パヴァロッティ博士は、私達がイメージしていた連続殺人犯とはまったく印象が違う。

私は過去に逮捕した、さまざまな犯罪者の顔を思い出す。

……連続殺人犯の中には、どう見ても好人物としか思えない人間もたくさんいた……。

イヴァンが難しい顔をして、床に落ちていた何本もの毛髪をピンセットで拾い上げ、証拠用の袋にそれぞれ入れている。髪の色は置かれている遺体とは違い、金髪や黒髪で……。

……ほかの被害者の毛髪と一致したとしたら、これは確たる証拠になる……。

「リン中尉、この奥が、仮眠室になっています！　簡単なベッドと、簡易シャワーと専用のトイレが併設されていて、防音も十分そうですし、被害者を監禁しておくことは十分可能かと！」

部屋の奥のドアを開いていたディエゴが言う。ドアには外からかける鍵が取り付けられていて、ここなら監禁場所として最適かもしれないが……。

「たしかに仮眠室もあるが、うちは使ったことがないぞ！　被害者を監禁？　そんなバカな……」

座り込んだまま、パヴァロッティ博士が呆然と呟く。

「それに、長年の夢だった南極への研究旅行はどうなる……どうしてこんなことに……」

うつむいて頭を抱える彼の横に、ジョナサンが膝をつく。

「先生、研究旅行にはまた行けます。南極は遠いですけど、全然不可能じゃありません」

彼が、パヴァロッティ博士の顔を覗き込みながら、励ますような声で言う。

「今は、きちんとこの事件の容疑を晴らさなくてはいけません。慎重に調べれば、真実は絶対にわかりますから」

パヴァロッティ博士は顔を上げて、ジョナサンを長い間見つめる。それから覚悟を決めたような顔でやっと立ち上がる。

「わかった。どこにでも行くよ。天使のようなこの子の言葉を、今は信じることにしよう」

第二章

エンツォ・フランチェスコ・バルジーニ

『……というわけで、パヴァロッティという人物が、重要参考人としてワシントンに連行されたらしい。今は、ＦＢＩとＣＩＡの専門チームが厳しく取り調べ中とのことだ。ブルーノから話を聞いたことがあるが、そんな悪人とは思えなかった。おまえも知り合いか？』

電話の向こうで言うのは、私の父、セルジオ・バルジーニ。ニューヨーク出張中だったが、そこでリン中尉から事情聴取の要請があって彼と会ったようだ。

「パヴァロッティ博士は、私が卒業した後ケンブリッジ大学から来られた方です。だから面識はないのですが……」

『記者発表は、証拠が揃って犯人が正式逮捕になってからとのことだった。本当のことを知った時にはブルーノはショックを受けそうだな。……おまえには詳しい事情を話していいとリン中尉から言われたので、一応伝えておくぞ』

しばらく前、事情聴取をされたと電話をしてきた時の父の口調は、柄にもなく心配そうだった。今はいつもの調子が戻っている。きっと、事件が終わったことにホッとしているのだろう。

『そうそう、リン中尉は元気そうではあったが、やけに消耗《しょうもう》している様子だったな』

「ホアンもそんなことを言っていました。彼は訓練を受けた軍人ですから、今までそんな様子を見せたことがなかったのですが……」

私はため息をつき、しかしそんなに大きな事件だったのでは仕方がない、と思う。

『ともかく、事件がなんとかなってよかった。リン中尉達は、やっとバカンスに入れるようだな。捜査メンバーは南極に興味がありそうだったし、リン中尉はホアンがいるその船にすぐにでも飛んでいきたそうな雰囲気だったが？』

その言葉に、私はうなずく。

「わかりました。リン中尉に連絡を入れ、スケジュールに問題がなければ全員分の乗船券を用意します。リン中尉はホアンに会えば、きっとすぐに元気になるでしょうし、ほかのメンバーにも南極で気分転換をしてもらえると思います」

……ああ、これでやっと、いつものバカンスが始まる……。

私は、とてもホッとしながらそう思っていた。

倉原湊

「うわー、やっぱりもう人が少ない！」

エントランスロビーへの大階段を下りながら、オレはため息をつく。

「昨夜のパーティーで知り合った人達に、お別れを言おうと思ったのに！」

『プリンセス・オブ・ヴェネツィアⅡ』は、今朝の八時にウシュアイアに到着した。だけどエンツォと夜明けまで愛を確かめ合っていたオレが、そんな時間に起きられるわけがなく……。なんとか起きられたのが十時ぴったり。それからよろけながらバスルームに入ったけど……エンツォにいろいろ妨害されて、やっと着替えられたのが十一時近く。

エンツォはそのまま船長服に着替え、疲れなんか微塵も見せずに颯爽《さっそう》と出航準備に向かった。オレはよろよろしながらやっとのことで着替え、ふらふらしながら部屋を出た。

南極に向かう前だからか、ウシュアイアでのオプショナルツアーはなく、船の停泊時間は四時間。出航は、お昼の十二時ぴったりのはずだ。

「ミナトさん、おはようございます」

エントランスロビーにいたホアンが、大階段を下りるオレに気づいて言う。隣にいたフランツもオレに気づいて、

「おはようございます。ゆっくりおやすみになれましたか？」

爽やかに言われて、オレはちょっと赤くなる。

「え？　あ、うん。パーティーで疲れたせいか、ちょっと寝坊しちゃったけど……」

オレは窓に近寄って桟橋を見下ろす。バルジーニ海運が所有する送迎用のリムジンが、何台か連なって桟橋に入ってくる。出航まであと三十分しかないから、けっこうギリギリの到着だ。

「……あれ？」

桟橋を見下ろしていたオレは、驚いてホアン達を振り返る。

「ホアン！　今、リムジンから降りた人達の中に、リン中尉にそっくりな人がいる！」

リムジンの一台から、背の高い男性が降りたところだった。ダークスーツに包まれた逞しい体型と、艶のある金茶色の髪、そして遠目にも整っていると解るハンサムな顔立ちが、かなり似ている。彼の後を追って降りてきた二人の男性も、見覚えがある感じ。リン中尉の部下のイヴァンさんとディエゴさんだ。もう一人の小柄な人は、見たことがないけど……。

「えっ？」

「連れの二人も、リン中尉の部下の人達に似てる！　遠目だからよくわからないけど……」

ホアンはオレの隣に立ち、窓から下を見下ろして……とても驚いたように息をのむ。

「……リン中尉……！」

オレを振り返って、ちょっと戸惑ったような顔で言う。

「あれは絶対、リン中尉です。僕が見間違えるわけがありません。でも、お忙しいって言っていたのに……！」

「きっと捜査が一段落して、乗れることになったんだよ！　よかったね、ホアン！」

フランツが嬉しそうに言い、ホアンがやっと笑ってくれる。それから落ち着かない様子で、

「きっとそうですね。ええと、僕……」

「桟橋までお迎えに行ってきなよ！　ここは任せて！」

フランツの言葉に満面の笑みでうなずき、ホアンがエントランスホールを早足で突っ切り、タラップへの入り口に消える。

「ホアン、嬉しそう」

フランツが、なんだかホッとしたような顔で言う。

「ずっと、リン中尉のことを心配してたんです。よかった」

「うん、よかったね、きっと難しい事件が解決したんだ。さすがはリン中尉！」

オレは窓から桟橋を見下ろし、リン中尉とその連れの三人のもとにホアンが駆け寄っていくのを確認する。ホアンはプロのコンシェルジェらしく、そこにいた全員にきちんと挨拶をしている様子。だけど……。

「本当は、リン中尉に今すぐぎゅうっと抱きつきたいんだろうなあ」

「おお、やっぱり乗ってきたのか、あの色男の軍人さんは」

後ろからいきなり声がして、オレは慌てて振り返る。そこには、くつろいだ格好のブルーノさんとアルベールさんがいた。

「おはようございます。ああ……そういえば……」

オレは前に聞いたことを思い出して、

「南極への研究チームと、ウシュアイアで合流でしたっけ？　そのお迎えですか？」

オレは言うけれど……アルベールさんがちょっと深刻な顔をしていることに気づく。

「どうかしたんですか？」

聞くと、アルベールさんは安心させるように微笑んで、

「いや……少し予定が変わって、来るメンバーに変更があったらしいんだ」

「え？　それは初耳だが……」

ブルーノさんが驚いたように言う。アルベールさんが、

「あなたは明け方まで船内のバーのハシゴをしていたようだから、読んでいないだけでは？　今朝、メールが来ていましたよ。パヴァロッティ博士が、急病で参加できなくなったらしいんです」

「じゃあ……今回のチームのリーダーは？」

「当然、准教授の彼でしょう」

「なんだと？」

ブルーノさんがものすごく驚いた顔で言っている。

「心配しなくても、彼は若いけれど知識が豊富だし、人望もある。立派につとめ上げますよ」

アルベールさんは言って、タラップの方に目を向ける。しばらく人を捜すように見回してから、

「ディ・アンジェロくん！」

アルベールさんの言葉に、オレはどきりとする。

……そういえば、ルーカの名字って、ディ・アンジェロだったような……？

オレは思い、慌てて振り返る。たくさんのいかつい学生達に囲まれてエントランスホールに姿を現したのは、ほっそりとした若い男性。白いタートルネックのセーターと、黒のスラックス。フードに毛皮のついた真っ白いダウンコートを羽織ってる。

完璧に整った小さな顔、真珠みたいに白い滑らかな肌、陽光を反射して煌めくプラチナブロンドの髪、そして澄んだ氷河みたいな水色の瞳。

「ルーカ！」

思わず叫んだオレの顔を見て、ルーカの目が驚きに見開かれる。

「ミナト！」

ルーカは、煌めくような笑みを浮かべる。そのまま駆け寄ってこようとするけど……。

「あっ」

長時間の飛行のせいか、それとも船に慣れていないのか、ルーカの身体がぐらりと傾く。彼の後ろに控えていた金髪の長身の男性が、さっと動いてルーカの手を取って支えてやる。

「大丈夫ですか？」

男性が低い声で言い、ルーカがうなずく。

「ありがとう。少しクラクラしただけだよ」

ルーカは小さな声で答えて、彼の手を離して真っ直ぐに立つ。長身の男性はごく自然な様子で彼の斜め後ろに従う。その二人の様子は、やけに様になっていて……。

……うわあ、まるでお姫様と、それを守る騎士みたい！　なんか格好いい……！

ルーカはちょっと照れたような笑みを浮かべて、オレとアルベールさんに歩み寄ってくる。

「お久しぶりです、コクトー博士。そしてまた会えて嬉しいよ、ミナト」

「うん、オレも嬉しいよ、ルーカ！　こんなに早くまた会えるなんて！」

「本当に、奇跡みたい」

ルーカが言って、オレの両手をしっかりと握り締める。そのルックスに似合って、その手も本当に綺麗で、そして大理石みたいにひんやりと冷たい。

「ミナトと、ディ・アンジェロくんとは、以前から知り合いだったの？」

アルベールさんの言葉に、ルーカとオレは思わず微笑み合う。ルーカがいたずらっぽい声で、

「実は知り合いなんです。どこで会ったかは内緒です」

「オレ達、すごーい秘密を共有してるんです。ね、ルーカ？」

オレの言葉に、ルーカは微笑みながらうなずいてくれる。アルベールさんが、

「楽しそうだね。……君達二人と一緒に南極に来られるなんて、夢みたいだ」

「僕もそう思います、コクトー博士」

ルーカが嬉しそうな顔で言う。それから、

「ああ……コクトー博士はおなじみだとは思いますが、ミナトは初対面だから紹介しておきますね。彼は研究室の助手を務めてくれているトマス・ミュラーくん。大学院を出たばかりだからまだ若いんですが……僕が頼りないから、彼にいろいろ迷惑をかけてしまっていて……」

「迷惑とは思っておりません」

ミューラーさんが真顔のままで言う。綺麗な金髪だし、顔はすごく整っていてモデルさんみたいだけど、いかつい体型といかめしい顔が……助手っていうよりは執事さんみたいで……。

「トマス・ミュラーです。旅行中、よろしくお願いいたします」

言って、びしっとした姿勢で礼をする。

……うわ、執事さんというよりはSP……？

オレは、さらに後ろに控えているいかつい四人を盗み見る。彼らはルーカの研究室の学生さんだろうけど、やっぱりすごくガタイがいい。ブルーノさんのところの学生さん達もマッチョだけど、あのグループのくだけた雰囲気とはまったく違っていて……なんか軍隊みたい。たしかにルーカは並外れて綺麗だし、これくらい強面《こわもて》のSP軍団がいないといろいろ危ないのかも？

「そういえば……今回はパヴァロッティ博士が急に来られなくなったとか……」

アルベールさんが言うと、ルーカは沈んだ顔になって、

「はい、とても残念ですが、急病とのことで」

「それは残念だけど……でもその分頑張って、いい成果を持って帰ろう」

アルベールさんがにっこり笑い、ルーカが深くうなずく。それからふと目を上げて、

「あの。ブルーノ・バルジーニ博士はご一緒ではないのですか？　ご挨拶をと思ったのですが」

「え？　さっきまでここにいたんだけど……？」

アルベールさんが周囲を見回し、ため息をつく。

「……どこかに行ってしまったみたいだ。チョロチョロして、小学生か、あの人は」

「そういえば、ブルーノさんとルーカは、同じヴェネツィア大学で教えてるんだよね？　大学でのブルーノさんってどんな感じ？　講義は面白い？」

オレが言うと、アルベールさんがちょっと心配そうな顔になる。

「そういえば……ディ・アンジェロくんは綺麗だから、何か失礼なことはされていない？　無理やり酒に誘われたり、下品な歌を歌われたり」

……たしかに、ブルーノさんならやりそうだ。アルベールさんはいつもやられてるし。

オレは思いながら、ちょっと笑ってしまう。だけど、ルーカは神妙な顔でかぶりを振る。

「バルジーニ博士は名門のバルジーニ家のご出身ですし、世界的に有名な爬虫類学者ですし……准教授の僕なんかが、気楽に口をきけるような存在ではありません。近寄りがたいというか……まさにカリスマです」

「……へ……？」

オレは、いつものブルーノさんのイメージとのギャップに驚いてしまう。オレの隣で、アルベールさんもちょっと呆然とした顔をしてる。それからハッとしたように、

「そういえば……あの人は自分の研究旅行だけじゃなく、僕の研究旅行にまでチョロチョロついてきて、まったく大学に戻っていないイメージだけど……講義は大丈夫なの？」

「研究旅行の間は、インターネット経由で講義をしてくださっています。録画になることもありますが、時間が合えば砂漠や密林からの生中継になります。捕まえたばかりの希少動物を観られることもありますし……彼の講義は、いつも立ち見が出るほどの人気です」

「それは、たしかに面白そう！」

オレはつい言ってしまい、それから、

「でも近寄りがたいってイメージはまったくないけど……大学じゃ猫かぶってるのかな？」

「僕の上司のパヴァロッティ博士とは、とても仲がいいのですが……もしかしたら、バルジーニ博士は僕のことがお嫌いなのかもしれません」

ルーカは言って、なんだか寂しげな笑みを浮かべる。オレは驚き、思わずアルベールさんと顔を見合わせてしまう。アルベールさんが、

「君みたいないい子が、嫌われるわけがないと思うよ」

「そうだよ、きっと何かの誤解だよ」

オレは言い、それからエントランスホールから乗客の姿が消えていることに気づく。コンシェルジェ達が遠慮がちにこっちを見ているから、きっと出航の時間が迫っているんだろう。

「ごめん、引き止めちゃった。そろそろ出航だから、チェックインを済ませて部屋に荷物を運んでもらった方がいいよ。なんだかすごい荷物みたいだし」

オレはルーカのチームの学生達と、その後ろのカートに山積みになった荷物を見ながら言う。

「ああ……そうですね。それでは、また後で」

「うん、落ち着いたらお茶でもしようよ。連絡するね」

タイミングを見計らっていたフランツが、にこやかに近づいてくる。

「ルシアス・ディ・アンジェロ様。担当コンシェルジェの、フランツ・シュトローハイムです。お荷物をお運びしますね」

「わあ……」

ルーカがフランツの顔を見て、すごく嬉しそうに笑う。

「この船の乗組員って、本当に綺麗な人が多いんですね。あなたもすごく素敵だ」

「えっ？　いえ、僕なんか……ディ・アンジェロ様こそ、本当にお綺麗です」

フランツは恥ずかしそうに頬を染めながら、オレとアルベールさんにぺこりと頭を下げ、ルーカと一緒にフロントの方に歩いていく。ルーカがフランツに何か言い、フランツがさらに頬を染めている。

「仲良くなったみたい。ルーカって、本当にいい子ですよね」

アルベールさんがうなずき、それから、

「きっと楽しい旅になる。楽しみだね、ミナト」

「はい、すっごく楽しみです！」

その時のオレは……南極での旅があんなことになるなんて、夢にも思っていなかったんだ。

エンツォ・フランチェスコ・バルジーニ

今回の改装で、『プリンセス・オブ・ヴェネツィアⅡ』の静かな一角には、礼拝堂が作られた。規模は小さいが本格的なバロック様式の内装で、神父様達も常駐している。

ここではすでに何組かのカップルが結婚式を挙げ、私も船長として参列させてもらった。幸せそうな彼らの姿を見て、胸が熱くなったのを思い出す。

男同士である私とミナトが、簡単に結婚式を挙げられるとは思えない。だが、この船の上、この美しい礼拝堂で将来を誓い合えたら……とつい思わずにはいられない。

……湊は、まだ目の前の勉強に夢中で、遠い未来までは考えられないだろう。将来を誓い合いたいというのは、まだまだ先の夢だと、もちろん解ってはいるのだが。

私は思いながら、礼拝堂のある階を示すボタンを押す。

エレベーターを降りた私は、礼拝堂に続く長い廊下を歩く。礼拝堂は神父様達の意向で、深夜以外は扉が開かれたままだ。敬虔《けいけん》なキリスト教徒はいつでも入って祈りを捧げられるし、キリスト教徒ではない乗客も、気軽に入って美しい礼拝堂の内装を見学したり、礼拝に参加したりできるようになっている。だが、その入り口の扉は、今は珍しく閉じられている。

「……？」

扉の隙間から聴こえてきたのは、誰かの歌声。空耳かと思うくらいに微かで、だが、まるで天使が歌っているかのように無垢《むく》なイメージで……。

……聖歌隊の誰かが、練習をしているのか？

この礼拝堂には専属の聖歌隊がいるが、全員女性だ。だが聴こえてくるのは男声。声変わりはしているが、まだとても若く、ボーイソプラノのような澄んだ響きだ。

私は扉をそっと押して開き……。

……美しい……。

陶然としたまま、そこで立ちすくむ。

礼拝堂の高い天井に響く歌声は、聴き惚れるほど美しかった。その声はどこかで聴いたことがあるような懐かしさを含んで、私の胸を締め付ける。

私は足音を立てないように気を付けながら礼拝堂の中に踏み込み、祭壇の脇に立った小柄な人物が、それを歌っていることに気づく。

ほっそりとした身体を、サイズの合っていないだぶだぶのスーツが包んでいる。小さな顔には不似合いな、大きな黒縁の眼鏡。天窓から斜めに差し込む光が、彼のふわふわと柔らかそうな赤毛をキラキラと光らせている。分厚いレンズの向こうの目は閉じられ、彼の細い指は祈りの形に握られている。

……この曲は……フォーレの鎮魂歌、『In paradisum』か。

「In paradisum deducant Angeli
in tuo adventu suscipiant te martyres,
et perducant te
in civitatem sanctam Jerusalem……」

私は聞き覚えのある、その曲のラテン語の歌詞の意味を思い出す。

……天使達があなたを楽園へと伴い、殉教者があなたの訪れを迎える。

……そしてあなたを導く、聖なる天の都へと。

その歌声は、私にある事件を思い出させた。私は、胸がまた強く締め付けられるのを感じる。

礼拝堂の脇には神父様達が並び、その歌声に涙を浮かべている。

その脇に立っているのは、コンシェルジェの制服に身を包んだホアンだった。彼はハンカチに顔を埋め、肩を震わせて泣いてしまっている。

礼拝用のベンチの最前列には、がっしりとした体型の男性が三人座っている。そのうちの一人が、祈りの形に組んだ手に、額を押し付けて呟く。

「……畜生、ジョナサンのこの声には、本当に泣かされる……」

「……今だけは泣いていい、ディエゴ……」

「Chorus Angelorum te suscipiant……はうっ！」

美しいラテン語の歌が、おかしな声とともに終わりを告げる。歌っていた青年が、私を見つめて呆然とした顔で立ちすくんでいる。私は、ベンチの間を進みながら言う。

「邪魔をしてしまって、申し訳ありませんでした。お久しぶりです、リン中尉、イヴァン・モロゾフ捜査官、ディエゴ・アルフォンソ捜査官……そして……」

視線を向けると、さっきまで歌っていた赤毛の小柄な青年は、

「ジョナサン・ドゥリトルです！　リン中尉の捜査チームの新人です！　よろしくお願いいたします！」

叫んで、軍隊式の敬礼をする。私は微笑んでしまいながら、彼に近づく。

「エンツォ・フランチェスコ・バルジーニです。よろしく。ドゥリトル捜査官。天使のような歌声でした。聞き惚れてしまった」

右手を差し出すと、彼は呆然とした顔で私を見上げてくる。度の強すぎるレンズと顔に落ちかかった長い前髪のせいで顔立ちがよくわからないが……ミルク色の頬とバラ色の唇が少年のようだ。リン中尉を始めとする大柄な捜査官を見慣れている私は、彼の華奢《きゃしゃ》さに驚いてしまう。

「ジョナサンでけっこうです。敬語も必要ありません。まだ駆け出しの新人なので……」

彼は緊張した声で言って私の手を見下ろし……それからおずおずと自分も手を差し出す。

「お耳汚しを失礼しました。そしてお会いできて光栄です、バルジーニ船長」

小鳥の羽根がふわりとかすめたような微かな接触だけで、彼は恥ずかしそうに頬を染めて手を引く。それから私を見上げて、びしりと敬礼をする。

「航海中、よろしくお願いいたします！」

「君はもう訓練生ではないんだ。敬礼はやめておきなさい」

リン中尉が笑いながらたしなめ、それから私に視線を向ける。

「バルジーニ船長、乗船許可をありがとうございました」

「もちろんいつでも歓迎します」

「先にご挨拶にもうかがわず、失礼しました。私達は、少し心を落ち着ける必要があって」

微かに笑うリン中尉の目の奥には、深い苦悩の色がある。このところ、ホアンがしきりと彼のことを心配していたが……きっとこれが原因だろう。

リン中尉は礼拝堂を見渡して、

「素晴らしい礼拝堂ができたのですね。ずっと移動続きで、仲間のために祈る時間もなくて……

ここがあって救われました」

「仲間の……?」

私が言うと、リン中尉は後ろの三人を振り返る。三人のうちの一人、ディエゴ捜査官の目が、涙を浮かべて真っ赤になっている。

「今回の事件の被害者の一人は、海軍の仲間であり、ディエゴの古くからの友人でした」

その言葉に、私は気を引き締める。

「父から連絡をもらってはいましたが、簡単な説明しかありませんでした。『ドミネ・デウス』と関係した事件なら、できれば詳しい情報を教えていただきたいのですが……」

私は言い、礼拝堂を見回して、

「ここでは、礼拝の方がいらっしゃるかもしれませんね。場所を移しましょうか。少し早いですがランチはいかがですか?」

私が言いながら見ると、ホアンがうなずいてくれる。船内携帯電話で小声で電話をし、私に近寄ってきて、予約の取れた店の名前を教えてくれる。

「イタリアンレストランの個室が予約できました。防音は完璧なのでご安心ください」

リン中尉がうなずき、ほかのメンバーが椅子から立ち上がる。

「容疑者に関してはまだ事実確認中で、取調中のCIAとFBIがうるさいんです。そのへんはまだ公表ができないのですが……今までの事件の詳細をお話しします」

リン中尉は、小さくため息をついて言う。

「かなり……気の重い話ではありますが」

倉原湊

オレとルーカは待ち合わせて、カフェに来ていた。本格的な英国風のカフェで、この船の改装後に作られた。甲板《かんぱん》に面したここには、専用のハーブ園が併設されていて、いい香りのハーブや可愛い花を咲かせる英国風の植物が育っている。ガラス張りの温室になっているから、南極に行っても大丈夫だろう。ハーブ園にはポッター教授という名前の大きな縞猫が飼われていて、猫好きの常連さんのアイドルになっている。今は木陰でお昼寝中だ。

オレはものすごく香りのいいアールグレイを飲みながら、船内携帯電話に届いた、エンツォからのメールを確認する。

「エンツォ、もうすぐ来るって」

「少し緊張します」

ガラスのカップに入ったハーブティーを飲んでいたルーカが、小さくため息をつく。

「経済誌などでお顔は拝見していましたが……直にお会いするのは、とても久しぶりですから」

「エンツォには、『会わせたい人がいるから来て』って言っただけで、ルーカと一緒だってことは秘密にしてるんだ。きっと驚くよ」

「彼は……僕が誰だか、わかってくれるでしょうか？」

ルーカはちょっと心配そうに言うけれど……。

「ルーカみたいな綺麗な子、絶対にわかるよ！　それよりも、エンツォってどんな感じだった？

やっぱり昔からハンサムだった？」

オレが思わず聞くと、ルーカは懐かしげに微笑んでうなずく。

「もちろんです。本当にハンサムで、まるで夢の中の王子様のようで……」

その時、温室のドアが開く音がしてルーカが言葉を切る。オレは振り返って……。

「エンツォ！」

入ってきたのは、制服姿のエンツォだった。

「まだ着替えてなかったんだね。何か会議があったんだっけ？　もう大丈夫？」

「大丈夫だ」

エンツォは答えるけど、なんだか表情が暗い。

「何かあったの？　顔色が悪いみたいだけど……」

オレが言うと、エンツォはハッとしたように目を見開き、それから、

「ああ……少し難しいミーティングがあっただけだ。具合が悪いわけではないよ」

そう言ってから、

「……ええと……会わせたい人、というのは……？」

エンツォが、オレの隣のルーカに視線を移す。ルーカがエンツォを見上げ、ふわりと笑う。

「あの……ルシアス・ディ・アンジェロです」

エンツォは、呆然とした顔でルーカを見下ろす。それから、

「ルーカ。久しぶりだ。すっかり大人になっていて、見違えた。……とても恥ずかしがり屋だった君が、今はヴェネツィア大学の准教授か」

そう言って空いている椅子に座り、なぜかふいにつらそうな顔になる。

「君がヴェネツィア大学に来たと聞いて、会いたいと思っていた。手紙だけで、なかなか機会がなくて申し訳ないと思っている。……事件の後、いろいろ大変だっただろう？」

エンツォの言葉に、オレは驚いてしまう。

「……事件……？」

思わず言ってしまうと、ルーカが少し寂しそうに微笑んで、オレに視線を移す。

「少し重い話なんですが……聞いてくれますか？」

静かな声で聞かれて、オレは慌ててうなずく。

「うん……もしも、ルーカが嫌でなければ」

ルーカは気持ちを落ち着けるように深呼吸をして、それから話を始める。

「今から十年前の、クリスマスの夜のことです。突然押し入ってきた強盗に両親が殺され、屋敷に火をつけられました。犯人の姿を目撃した僕と兄は、そのまま彼らに誘拐されました」

淡々と語られるルーカの話に、オレは愕然とする。自分がいる日常とはあまりにもかけ離れて

いて、頭がついていかない。

「それから五年後、監禁されていた僕は警察に救助されましたが、兄は未だに行方不明です。救助された時、僕は記憶の一部を失っていました。事件の夜のことも、監禁されていた間のことも、そして犯人の顔も思い出すことができません。それだけでなく、ショックのせいか、その前の記憶も切れ切れにしか残っていないんです。でも……」

エンツォを見て、にっこりと笑う。

「……エンツォさんの顔は、よく覚えています。あの頃からすごくハンサムで、兄さんが初めて屋敷にあなたを連れてきた時には、思わず見とれてしまいましたから。でも……あまり詳しいことまでは、覚えていないんです」

ルーカは少し寂しそうに言う。

「本当なら……兄を捜すためにいろいろ思い出さなくてはいけないのに。とても心配なんです。警察は今も捜査してくださっているので、考えても仕方がないとわかってはいるんですが」

「コンスタンティンはきっと無事だ。私もそう信じているよ」

エンツォは、励ますように言う。ルーカはその顔に儚《はかな》げな笑みを浮かべて言う。

「どうもありがとうございます」

「航海中に、いろいろ話せたら嬉しいよ。そうしたら、楽しい記憶が戻るかもしれない」

ルーカは驚いたように目を見開き、それからにっこりと微笑む。

「そうできたら、とても嬉しいです」

言ってから、オレを振り返る。

「それに、いい思い出を、たくさん作りたいんです。ミナトとも再会できたことだし」

オレは慌てて姿勢を正し、ルーカの綺麗な水色の目を見つめる。

「すっごくいい思い出をたくさんたくさん作ろうよ。なんたって、南極なんだから。普通の人なら一生に一度行けるかどうかもわからない、冒険の地なんだから！」

オレが言うと、彼は驚いたような顔でオレを見つめ、それから優しく笑ってくれる。

「そうだね。ありがとう。たくさん思い出を作れるといいね」

……そんなにつらい思いをしたのに、こんなふうに笑えるなんて……。

オレの胸が、きつく痛む。

……彼はきっと、すごく強い人なんだ……オレも何か、力になれたらいいのに……。

「まあ、その前にドレーク海峡を越えなくてはいけないけれど。ですよね？　バルジーニ船長？」

ルーカがその場を明るくしようとするかのように言い、エンツォが小さくため息をつく。

「ああ……それさえなければ、毎年でも南極へ行きたいところなんだが」

「ドレーク海峡に何かあるの？　南極に夢中で、途中の海のことまで考えてなかったけど……」

オレが聞くと、エンツォはうなずいて、

「ドレーク海峡は、昔から『船の墓場』と呼ばれている、とても危険な場所なんだ。一年のほとんどの間、激しい嵐が吹き荒れている。運が悪ければ巨大な波に翻弄されたまま、南極までの二日間を過ごすことになる」

その言葉に、オレは思わず唾を飲み込む。

「……最初の航海で、すごい嵐に巻き込まれたよね？　嵐って、もしかしてあんな感じ？」

オレは、その時のことを思い出しながら言う。

「あの嵐も大きかったが、もっと規模が大きい。小さな船だと最大で五十度傾く。私は以前、アメリカ海軍の軍艦で渡ったことがあるが……天地が逆転したような体感だった。私は海が好きなので、それも楽しんだけれどね」

「五十度？　バスケ部の仲間とスノボに行った時に四十五度の斜面を滑ったけど、ほとんど真っ逆さまって感覚だったよ！　それよりヤバいのを、二日間……？」

オレは思わず青くなる。エンツォが、

「早ければ今夜、この船は暴風域に入る」

「……今夜から……」

もちろんどんな試練でも越えて南極には行きたい。けど……やっぱりちょっとビビってしまう。

「この船は大きいのでそれほど傾くことはないはずだけれど。南極クルーズの乗客達は冒険好きばかりなので、覚悟を決めてきている……というよりはドレーク海峡の嵐を体験することすらも楽しみにしていると思うが、君は大丈夫？」

オレが答えにつまっていると、エンツォは真剣な顔になって、

「すまない、私は今夜からドレーク海峡を渡る二日間、ほとんどブリッジから出られない。君を嵐の中で一人きりにしておくのは、心配だな」

「えっ？　オレ？　えぇと……」

あれは、オレが初めてこの『プリンセス・オブ・ヴェネツィアⅡ』に乗った時。船はものすごい嵐に巻き込まれてしまった。生まれて初めてのクルーズで経験する嵐。オレは部屋にいなさいとエンツォに言われたのに、どうしても怖くなって部屋を出て、エンツォがいるブリッジに向かってしまった。もちろんブリッジに入ることなんかできないから、前の廊下で座り込み、一人で情けなく震えていた。あの時のオレはエンツォのことを冷徹なイジワル教育係としか思ってなかったから、彼に見つかったらきっとバカにされると思ってた。でも……。

……あの時、エンツォはオレを初めて優しく抱き締めてくれた……。

オレはちょっと頬が熱くなるのを感じながら、

……だからオレは、怖さも何もかも忘れて……。

「大丈夫だよ！　オレ、もう海には慣れたから」

「いや……君は念のため一人にならない方がいい……」

「よかったら、僕らのチームと一緒に過ごしませんか？」

ルーカが、心配そうにオレの顔を覗き込む。

「コクトー博士やバルジーニ博士のチームと、研究のためのミーティングや荷物の準備をしながらになるだろうから、あまりくつろげないかもしれませんが……」

「ううん、研究のための準備を邪魔したら悪いから遠慮しておく。それに、ブルーノさんやアルベールさんのチームのメンバーと一緒じゃ、にぎやかすぎて、二日間、徹夜になりそうだし」

「ホアンとフランツに、君の部屋に行くように言っておこう。基本的に乗客は部屋にこもってしまうし、船酔いの場合には医療チームが対応する。コンシェルジェは呼び出された時だけ対応すればいいことになっているから」

エンツォが言ってくれて、オレはちょっとホッとしてうなずく。

「それなら安心。二人とゲームでもしながら過ごすよ。あ、スノボのゲームをしたら、すごいスリルを味わえそう！　あとでライブラリーに行ってソフトを借りてこなきゃ！」

エンツォは微笑み、それからルーカに目を移す。

「君は大丈夫？　もしも酔いそうなら、フランツに薬を持っていかせるよ」

「大丈夫です。乗り物には強いですから」

「さすが、研究旅行をしているだけはあるよね」

オレは言い……だけどちょっと心配になる。

……ルーカはこんなに頼もしいのに、オレはまたビビっちゃうんじゃ……？

思うけれど、拳《こぶし》を握り締める。

……いや、オレだってもう子供じゃないんだ！　嵐くらい、乗り切ってみせる！

◆

「ホアン、遅いねえ」

フランツとオレは、ロイヤル・スウィートにいる。甲板に続く窓にはすべて頑丈な鎧戸《よろいど》が下ろされ、外の景色を見ることはできない……と思ったら、嵐をリアルに体験したい乗客のために、ブリッジからのライブ映像が船内テレビで流されていた。強力なサーチライトに照らされた海はかなり荒れている。黒に近い濃紺の海が大きく盛り上がり、牙のような白い波を覗かせる。なのに船がそれほど揺れているように感じないのは……きっとこの『プリンセス・オブ・ヴェネツィアⅡ』の性能と、エンツォの操船技術が並外れて優れてるからだろう。

「リン中尉のお部屋で、捜査官のみなさんのミーティングが開かれているらしいんです」

フランツが、ゲーム機を液晶テレビに接続しながら言う。それから時計を見て、

「コーヒーや夜食を運んだら、すぐこちらに向かうと言っていたので、そろそろ来るのではないかと……」

プルル、という船内携帯電話の着信音が響く。テーブルに置いてあった、オレの携帯電話だ。オレは手を伸ばしてそれを取り、通話ボタンを押す。

「はい、もしもし?」

『ホアンです。時間に遅れてしまってすみません』

聞こえてきたのは、やっぱりホアンの声だった。

「ううん、大丈夫。今、外の嵐のライブ映像を見てたとこ。けっこう面白いよ。あと、ゲームの準備もしてる。ライブラリーから、ゲームソフトを山ほど借りてきたから」

『あの……実は、リン中尉の捜査メンバーの新人さん、ドゥリトル捜査官が、船酔いしそうなの

ですが……』

その言葉に、オレは驚いてしまう。

「わあ、大変だ。それじゃあ看病で忙しい？」

『いえ、もう医務室に行って酔い止めは処方してもらいましたし、リン中尉によれば、ベッドで寝ているよりも起きて気晴らしをしていた方が酔わない、とのことなので……』

「そしたら一緒に来ればいいよ！　みんなでゲームしてれば、船酔いなんか吹き飛ぶよ！」

オレの言葉に、ホアンはホッとしたように、

『そうですよね。せっかくの嵐の時に、酔ってしまってはもったいないです。なんと言っても、ドレーク海峡の嵐ですから。楽しまなくちゃ』

……うわあ、あんなに綺麗な顔をしているのに、やっぱりホアンも海の男だ。頼もしい……！

『これから、ドゥリトル捜査官をお連れします。何か持っていくものはありますか？』

「ううん、大丈夫。飲み物やおやつは、フランツがたっぷり準備してくれたから。……あ、ゲーム機のコントローラーが足りないかも」

『それなら、途中でライブラリーに寄って借りていきますね。では、後ほど』

ホアンが言って、通話が切れる。オレはフランツを振り返って、

「リン中尉のところの新人さんが、酔いそうだから仲間に入れて欲しいって。いいよね？」

「もちろんです。でも、リン中尉のチームの方が船酔いってすごく意外です。海軍出身の方は、船酔いなんて無縁なんだと思っていました」

フランツが驚いた顔で言う。

「そういえばそうだ！　船酔いする海軍の軍人さんって聞いたことないよね？　しかもリン中尉の部下ならすごいエリートだろうし……」

オレは、リン中尉みたいに格好よく制服を着たマッチョな軍人さんが、船酔いで真っ青になっているところを想像し……ちょっと笑いそうになる。いや、オレも酔うのが怖くて念のために弱めの酔い止め薬を飲んでるから、笑いごとじゃないいんだけど。

「ともかく、ゲームで盛り上がって、酔いなんか吹き飛ばすしかない！　あ、日本製のものすごーく怖いホラーゲームも借りてきたから、いざとなったらこれをやる！」

「うわあ、僕は、嵐よりもそちらの方が怖いです。まずはサーフィンゲームをやりませんか？」

「ホラーは絶対やる！　あ、最初はこっちのマリオンカートはどう？　四人でできるし」

オレ達がゲーム選びをしていると、ドアにノックの音が響いた。

「あ、きっとホアンだ！　その捜査官さんにもゲーム選びを手伝ってもらおうよ！」

「軍人さんなら、戦略ゲームとかお上手そうですね」

「たしかに！　本業って感じだよね！」

オレは言いながら部屋を横切り、ドアを開いて……。

「ホアン！　……と？」

ホアンの後ろに、いかついマッチョな軍人さんが立っているのを想像していたオレは、誰もいなかったことに驚く。

「あれ？　ドゥリトル捜査官って人は……？」

「あの……」

ホアンの後ろから姿を現したのは、ほっそりした若い男性だった。ふわふわの赤毛に、度の強い黒縁の眼鏡。だぶだぶのスーツが、七五三みたい。

……軍人さん？　捜査官？

オレは、呆然と彼を見下ろしながら思う。

……細い！　しかもオレよりも十センチくらい小さい！

「ともかく、入って！　どうぞ！」

オレはドアを大きく開いて二人を招き入れる。

「リン中尉から、海軍で流行しているというハーブティーをいただいてきました。それを飲んでいれば、どんな嵐でも絶対に酔わないとか。……今、いれますね」

ホアンは言いながら部屋を横切って、てきぱきとお茶の用意を始める。フランツもソファから立ち上がって、それを手伝いながら言う。

「船長から、チョコレートを差し入れしていただいたんです。それも出しますね」

小さな捜査官さんは、ドアのところに立ったままオレを見上げて、

「ジョナサン・ドゥリトルと申します。すみません、お楽しみのところお邪魔してしまって」

言って、ぺこりとお辞儀をする。オレは彼をソファに案内し、向かい側に座る。

「いや、全然邪魔じゃないです。人数が多い方が楽しいし。けど……船酔いは大丈夫？」

「は、はい。薬を飲んだのでなんとか。でも捜査の報告書作りが長くなりそうなので……」

「うん、あんなマッチョなメンバーに囲まれていたら酸素も薄くなりそうだし、書き物なんかしたら一発で酔っちゃう。たまには遊んで、気晴らしをした方がいいですよ」

オレが言うと、ドゥリトル捜査官はちょっと頬を染めて、

「ありがとうございます、プリンス・ミナト。ずっと捜査で緊張していたので……そう言っていただけて嬉しいです。リン中尉がおっしゃっていたとおり、優しい方ですね」

ほんわかした口調で言われて、照れてしまう。そして、日本にいる親友の雪緒《ゆきお》を思い出す。

……頼りなさそうで、でも素直なところ、ちょっと雪緒に似てるかも？

「あ、プリンスとか言わなくていいです。ただのミナトで。……すごく若く見えるけれど、海軍から捜査官になったってことは、オレより年上ですよね？」

「二十三歳です。訓練所を出て、すぐにリン中尉のチームに配属されました。あ、クワンティコにあるＦＢＩ訓練所の出身で、海軍ではありません。だから船にはあまり慣れてなくて……」

「ああ～、だから船酔いするんだ……」

オレは思わず呟いてしまい、彼が真っ赤になったのを見て慌てる。

「うわ、ごめん！」

「いえ、本当のことなので……早く立派な捜査官になりたいので、恥ずかしいのですが」

「まだ新人でしょ？　仕方ないよ！　それにオレだって同じだし」

「同じ？　プリンス……いえ、ミナトさんが？」

彼が驚いたように顔を上げる。目の上にかかっていた長い前髪が分かれて、分厚いレンズの向こうの瞳が見える。その瞳がものすごく綺麗な水色だったことに気づいて、オレはちょっと見とれてしまう。よく見ると肌はミルク色ですべすべだし、唇は綺麗なバラ色で……。

……ぼさぼさの髪とでかい眼鏡でよくわからないけど、もしかしてものすごく可愛い顔をしてるんじゃないのかな、この人？　まあ、捜査官にはルックスのよさはあんまり必要なくて、体力と強靭《きょうじん》な精神力みたいなものが必要なのかもしれないけど……。

「オレも早く大人になりたいんだけど、なかなかそうはなれなくて……あ」

オレはあることに気づいて、

「ごめんなさい、オレ、いつの間にか敬語を忘れてて……」

「敬語はいらないです。僕は英語の家庭教師がこういう口調だったので、この方が楽なのですが」

「英語の家庭教師が？」

オレは、最近似たような話を聞いたことを思い出す。

……たしか、ルーカもそんなことを言っていたような。お金持ちって、みんな家庭教師を雇うんだろう。ってことは、ジョナサンもお金持ちの御曹司なのかな？

「お待たせしました。船長からの差し入れです」

フランツが、木製の器に入れたチョコレートをローテーブルの上に置いてくれる。オレはそれを見て、一人で赤くなる。

……そういえば、前の嵐の時、エンツォはオレにホット・ショコラを用意してくれたんだ。オレはそれを飲んで身体を熱くしてしまって……「エッチな気持ちになる薬を入れただろう？」なんて突っかかってしまった。思い出せば思い出すほど、オレって子供だ……。

「こちらもどうぞ」

ホアンが言いながら、お茶をローテーブルに並べる。いつもみたいに陶製のカップじゃなくて、金属製の蓋つきのタンブラーに入ってる。シックな艶消しブラックのそれには、艶のあるブラックで、錨《いかり》のマークと『プリンセス・オブ・ヴェネツィアⅡ』を表す『ＰＶⅡ』の文字が描き出されてる。大人っぽくてめちゃくちゃお洒落だ。

「明後日は南極に上陸だから、記念に乾杯しようよ。ハーブティーだけど」

オレがタンブラーを持ち上げて言うと、三人も続いて持ち上げる。オレは、

「それじゃあ、みんなで南極に行けることを記念して、乾杯！」

乾杯を言って、オレ達はタンブラーをぶつけ合う。

「最近はミリタリー食も美味しいって言うし、きっとお茶も美味しいよね……まずっ！」

一口飲んだオレは、思わず叫んでしまう。三人も続いて試してみて……。

「うわあ、まずいです！」

「すっごく苦くて青臭いです！　何が入ってるのかな？」

ホアンとフランツが一斉に叫ぶ。ジョナサンが苦笑しながら、

「いろいろな野草と、あと海藻とかだと思います。わあ、まずーい」

言いながらも普通に飲んでいる。オレは、

「ジョナサン。もしかしてＦＢＩの訓練所では、サバイバル訓練とかだけじゃなくて、まずいものを食べる訓練とかあるの？」

「そういう訓練はありませんが……軍隊出身の方々の食生活や習慣は、独特です。リン中尉のチームに配属されてから、驚くことばかりです」

「それって、すごく興味があるんですけど……聞かせていただいてもいいですか？」

ホアンが、メモでも取りたそうな顔で身を乗り出している。ジョナサンが、

「例えば……メンバーの姿が見えないと思ったら、だいたい筋トレをしています。屋上とか、階段とか、廊下とか。そのせいか、ワシントンＤＣのＮＣＩＳ本部には、最近トレーニングルームができました。あと、リン中尉の朝食はプロテインドリンクです。デスクで毎朝飲んでます」

「ええっ！　この船に乗った時には、お洒落にブレックファストを食べているのに、意外！」

「あ、でもプロテインドリンクを入れているタンブラーのデザインは、これと同じです。『プリンセス・オブ・ヴェネツィアⅡ』のオリジナルだって聞いて、僕も欲しかったんです」

「あ、もしかして……」

ホアンが、ハッとしたように言う。

「以前、僕が差し上げたことがあるんです。出勤前に毎朝走っていらっしゃるとお聞きしたので、ドリンクを入れるのに使っていただけたらいいなあと思って……」

「あ、はい。誰かからいただいた大切なものだって言ってました。ほかの捜査官に使われないように、ちゃんと自分で洗ってデスクに置いて、帰りは持って帰ってます」

「……嬉しい……」

ホアンが言って、頬を染めている。ジョナサンが、

「あ、それから本部の近くに、捜査メンバーの行きつけのメキシコ料理屋さんがあるんですが、そこでディエゴ捜査官がとんでもないことをしでかして……」

ジョナサンが話してくれるリン中尉チームメンバーの暴露話はめちゃくちゃ面白くて、オレたちは夢中になった。そして船酔いのことなんか忘れて盛り上がり……。

いきなり部屋の中にノックの音が響き、ジョナサンが驚いたように言葉を切る。オレは首を傾げながら立ち上がり、ドアに向かう。

「エンツォかな？　でも、朝まで戻れないって言ってたけど……」

「ミナト」

ドアの向こうから聞こえてきた声に、オレはハッとして立ち上がる。

「ルーカだ！」

慌ててドアまで走り、大きく開く。そこにはルーカが微笑みながら立っていた。

「来ちゃいました。……もしかして、お邪魔でしたか？」

「ううん、大丈夫！　入って、入って！」

オレはドアを大きく開いて、ルーカを部屋に招き入れる。

「あ、ディ・アンジェロ様」

フランツが立ち上がろうとするのを見て、ルーカが手を上げて止める。

「気を遣わないで。今はプライベートの時間ですよね？」

「調査の準備があるって言ってたけど、もう終わったの？」

オレが言うと、ルーカは苦笑して、

「あちらの部屋には大柄なメンバーが多いので、なんだか息苦しくなってしまって……少しだけ、逃げてきてしまいました」

「そうだよ！　あんなごっつい学生さんに囲まれていたら酔っちゃうよ！　あ、そういえば」

オレはジョナサンとホアンを振り返って、

「フランツは部屋の担当だけど……二人は初対面だよね？　こちら、ルシアス・ディ・アンジェロさん。まだ二十三歳だけど、なんとヴェネツィア大学の准教授なんだよ！」

「わあ、すごい方なんですね。お会いできて光栄です」

ソファに座ったホアンが、嬉しそうに言う。

「……ルシアス・ディ・アンジェロ……さん？」

ホアンの隣にいたジョナサンが、目を見開いてルーカを見つめ、かすれた声で言う。

「びっくりした？　すっごい美人だよね？」

オレが言うと、ジョナサンは慌てたように何度もうなずいて、

「はい。アンジェロさん……天使の名前にふさわしい、本当にお綺麗な方ですね。驚きました。あの、僕……」

ジョナサンが立ち上がって、ルーカに向かってぺこりとお辞儀をする。

「ジョナサンといいます。その年齢でヴェネツィア大学の准教授なんて、すごいです」

「いえ、まだまだ勉強中の身です。よろしくね、ジョナサン」

ルーカはジョナサンに歩み寄り、彼の右手を持ち上げてきゅっと握る。

「水色の瞳が、僕とお揃いだ。シャイな感じで、とても可愛い方ですね」

握手をしながらふわりと微笑まれて、ジョナサンはどこか呆然とした顔のまま固まってしまっている。たしかにルーカみたいな並外れた美形に間近で微笑まれたら、こんな反応になるのもうなずける。ルーカはジョナサンの手を離してから、左手に下げていた紙袋を持ち上げる。

「これ、差し入れです。ショッピングモールのコーヒースタンドがまだ開いていたので、ラテを買ってきました。アイスのソイ・ティー・ラテだけど大丈夫かな？」

「わあ、ありがとう！　カフェ・ラテも好きだけど、ティー・ラテも美味しいよね！　ソイってことは豆乳？　さすがにお洒落！」

「あ、でも……」

ルーカが紙袋から蓋つきの紙コップを出しながら、部屋の中のメンバーを見回す。

「ごめんなさい。船長が『フランツとホアンを行かせる』って言ったのを聞いてたので、四つしか買ってこなくて……」

フランツとホアンが、彼から受け取ったコップをローテーブルに並べている。オレは、

「大丈夫。オレ、誰かから半分もらうから……」

「それなら、僕と半分こにしませんか？」

フランツが、笑いながら言う。

「さっきのハーブティーを飲みすぎて、お腹がいっぱいなので……」

「フランツ！」

彼の言葉を遮るようにして、ルーカが言う。その顔がなぜかすごく険しく見えて、フランツだけでなく、ホアンとジョナサンも驚いたように固まっている。

「ミナトと僕で、半分にします。僕とミナトは、とても仲良しなので、間接キスでも大丈夫です。……ね？」

にっこりと笑いながら間近に顔を覗き込まれて、オレはなぜか一瞬、答えるのを忘れる。彼の瞳の中に、何か不思議な光がよぎった気がしたんだ。

「あ、うん！　もちろん大歓迎！　だけど、エンツォに知られたら叱られ……」

オレは言いかけて、ルーカがすごく驚いた顔で、大きく目を見開いたのに気づく。

……ヤバい！　ルーカとジョナサンは、オレとエンツォの関係を知らないんだ！

「いや、オレ、ちょっと風邪気味なんだよね！　誰かにうつしたら、船長に叱られちゃう！　なんたって、これから南極に行くんだから！　特にルーカは大事な調査を控えてる身だし！」

ルーカは急に心配そうな顔になって、オレの顔を覗き込む。

「風邪？　大丈夫ですか？　それならあったかいものにしたらよかったですね。熱は？」

言いながら、オレの額に手を当てる。部屋の中はかなりあったかいのに、彼の手は大理石みたいに冷たかった。その感触に、ちょっとゾクリとする。

「あ、そういえば日本茶があるんだ！　日本茶はカテキンがあるから風邪に効くんだ！」

オレは慌てて立ち上がり、ミニバーに向かう。電動式の湯沸かしポットをセットして、

「オレ、濃いめの苦〜い日本茶を飲むから！　美味しいティー・ラテはみんなで飲んでね！」

オレは彼らに背を向けて日本茶のティーバッグの封を切りながら、鼓動がすごく速いことに気づく。楽しいドキドキじゃなくて、なんだか……。

……どうしたんだろう？　なんでこんなふうに動揺してるんだ、オレ？

◆

「楽しかったよ。誰も船酔いなんかしなかった。もしかしたら、リン中尉の激まずドリンクが効いたのかもしれないけど」

三日目の昼近く。オレは、シャワーから出てきたエンツォに言う。

一瞬ざわっとした気持ちになった時もあったけど……たぶん気のせいだよね？

船は嵐の海を抜け、今は砕氷船《さいひょうせん》と合流するために停泊している。このへんはまだ大丈夫だけど、もう少し進むと海は流氷が増え、海面にも氷が張り始める。だから砕氷船に先導されながら、進んでいくことになるらしい。

「一日目はリン中尉とメンバーの暴露話、二日目はゲーム三昧《ざんまい》だった。あ、一日目にはルーカも遊びに来たよ。ちょっとだけ息抜きしたら、準備に戻っていったけど。……昼間はほとんど海が

荒れなかったから、ラッキーだったかも」

「夜は、かなり荒れていたけれどね。一日目の夜と、二日目の明け方近くが一番揺れたかな」

エンツォが髪を拭きながら、ソファに座る。ため息をついているところを見ると、やっぱり緊張続きの操船はそうとう大変だったんだろう。

「どっちも大丈夫だったよ。たしかにちょっと揺れてたけど……一日目は大騒ぎだったし、二日目の明け方は、ゲーム疲れでみんなで爆睡してたし……これ、フランツ達が運んでおいてくれたから、食べて」

オレは、サンドイッチとサラダとコーヒーの軽食を、ワゴンからローテーブルに移す。

「でも何よりも、あなたの操船が上手だったからだよね」

オレは言いながら、エンツォの隣に座る。

「ありがとう。それにきっと、君が海に強くなったんだろう」

「本当に？　それなら嬉しいけど」

「あれだけの嵐の中、おしゃべりやゲームで盛り上がれるんだ。立派な海の男だよ」

エンツォがオレを引き寄せ、唇に優しいキスをしてくれる。

「よく頑張った。お疲れ様」

二日間とも昼間は海がほとんど荒れなかったから、集まっていた三人はそれぞれ部屋に戻って寝ていた。その間にエンツォは何度か部屋に戻ってきて、短時間でシャワーを浴びたり制服を着替えたりしていた。だけど彼は仮眠を取ることもなく、食事もほとんど取っていなかったはずだ。

額に無造作に落ちかかる髪。わずかに削げたように見える頬。

とても大変だったと思うし、もちろんエンツォの身体が心配だ。でも、疲れを浮かべた横顔がやけにセクシーに見えて……いけないことかもしれないけど、ちょっとドキドキする。

「あなたこそ、本当にお疲れ様」

オレが言うと、エンツォは微笑んで、

「あの嵐を乗り越えたご褒美が、言葉だけ？」

オレはちょっと赤くなってしまいながらエンツォの両肩に手を置く。

「お疲れ様。そして、無事に南極の近くまで連れてきてくれてありがとう」

言って、エンツォの頬にキスをする。

「頬にキス？」

エンツォが不満そうに言って、手を伸ばしてくる。

……ダメだ、あんまりキスしたら、いけないことに突入しそうだ！

オレは思いながら、その手から慌てて逃げる。

「だって、まだ南極には到着してないからね！　ともかく……！」

オレは腰に手を当てて、エンツォを睨みつける。

「……砕氷船が到着して航海が再開するまで、四時間くらいしかないんだよね？　その間にちゃんと軽食をとって、ちゃんと仮眠すること！」

エンツォは驚いたように目を見開き、それから楽しそうに笑う。

「わかったよ、しっかり者の奥さん」

エンツォは言い、それから腰砕けになりそうなセクシーな流し目でオレを見る。

「南極に着いたら、しっかりご褒美をもらうよ。覚えておきなさい」

……うわあ、南極に着くのが、怖いような、楽しみなような……！

◆

「……本当に素敵ねえ」

「……まるで、ハンサムな大学教授」

「……こんな船長、初めて見たわ」

近くに座った女性客達が小声で囁き合っている。

……たしかに……。

オレは、鼓動が速くなってしまうのを感じながら思う。

仕事中のエンツォは完璧にプレスされた白の船長服だし、パーティーの時は完璧な紳士。休暇中にはくつろいだ服装だけど、それでもお洒落で都会的な雰囲気。でも、今は……。

……こういう服装のエンツォ、初めて見たかも……！

今のエンツォは、クラシカルなラインのツイードのスーツ。白い綿のワイシャツに、英国風の渋いタータンチェックのネクタイ。顔には鼈甲《べっこう》フレームの眼鏡。手には革表紙の古い本。英国の一流大学の講義室が似合いそうな服装だ。

南極上陸ツアーに参加する乗客達は、南極条約に関する講義を受ける義務がある。そのためにメインダイニングの一角に教壇が設けられてスポットライトが当てられている。乗客達はクロスの取り除かれたテーブルにノートを広げて、真剣にノートを取っている。まるで大学の講義室にでもいるみたいな雰囲気だ。

エンツォの低い声が、部屋の中に朗々《ろうろう》と響き、思わずうっとりと聞き惚れてしまう。ちょっと野暮《もう》ったい感じの服装が、エンツォの完璧な美貌とモデル並みのスタイルをさらに引き立てている感じで……なんだか、古い映画のワンシーンみたい。

……どうしよう？　こういう格好のエンツォも……ものすごく素敵だ……。

オレは、さらに鼓動が速くなるのを感じながら思う。

……もしも大学にこんな教授がいたら、オレなんか毎日質問に行ってしまいそう。まあ、その前に女子学生で研究室が満員になることは確実だけど。

「……以上が、南極条約についてです。南極へ上陸する方は、この条約を守る義務があります。どうか野生の動物達のためにも、条約違反は絶対にならないようにお気を付けください」

エンツォの言葉に、オレ達は深くうなずく。

「ここからは、南極の生物に関する予習です。映像は、バルジーニ博士とコクトー博士からの提供です。ご協力をありがとうございます」

エンツォが言い、最前列に座ったアルベールさんがうなずき、ブルーノさんが親指を立てている。ブルーノさんのチームの学生達が、手慣れた様子で大型スクリーンを広げる。

「船長が着てる服、僕達コンシェルジェ・チームが選んだんです」

隣に座ったフランツが、そっと囁いてくる。

「南極クルーズの特徴は、この講義……リキャップって言うんですけど……があるところです。南極の地理や歴史、野生の動物達、氷河や流氷などについて講座が開かれます。乗客のみなさんもそれを楽しみにしているので、雰囲気も大切かと」

「うん、すごく斬新だし、素敵だ。さすが、センスいい」

「そう言ってもらえて安心しました。ちょっと趣味に走りすぎたかもと思ってたんですけど」

フランツの向こう側に座ったホアンがいたずらっぽい声で言ってきて、思わず微笑んでしまう。

「たしかに、ハンサムな大学教授の講義って感じ。眼鏡をかけたエンツォなんて初めて見たから、ドキドキする」

「君は、本当に船長に夢中なんですね」

反対側から聞こえた声に、オレは驚いて振り返る。

「ルーカ！」

彼は微笑みながら講義用のベンチに滑り込んでくる。そして、

「バルジーニ船長を見るミナトは、本当に幸せそうな顔をしています。そのまま永久にとっておきたいくらい可愛いです」

「えええっ、可愛くなんか……！」

オレは思わず大声で言ってしまい、エンツォにちらりと睨まれる。

「何か質問でも？　プリンス・ミナト」

その言葉に、オレは慌てて、

「ち、違いますっ！　ルーカがふざけるから！」

「プリンス・ミナトが、船長の眼鏡姿が素敵だと……」

「ルーカ！　ひどいよ！」

周辺の乗客達の間で、くすくす笑いが広がる。

「プリンス・ミナト、そしてシニョール・ディ・アンジェロ。おとなしく講義を聴かないと、二人で廊下に立たせますよ？」

エンツォが、まんざら冗談でもなさそうな声で言う。オレは慌てて、

「すみません！　ちゃんと聴くから続けてください！」

言うと、乗客達が吹き出し、笑いが講義室全体に広がってしまう。

「まあ、なんて可愛いのかしら」

「いつも凜々しいプリンス・ミナトも、今日はただの可愛い学生さんって感じね」

「ディ・アンジェロさんって方、すごい美青年ね。お二人のツーショット、目の保養だわ」

乗客達の囁き声に、オレはさらに赤くなってしまう。エンツォが咳払いをして、

「南極大陸に上陸する前に、まず周辺の島に棲む野生の動物達を観察する予定です。最初の島はグディア島」

エンツォの言葉とともに、スクリーンに地図が表示される。エンツォがレーザーポインターで島を示す。

「……そこでは、たくさんの野生動物に出会うことができます。みなさんが楽しみにしていることの一つに、ペンギンとの遭遇があると思いますが……」

エンツォの言葉に、乗客達が大きくうなずいている。

「南極圏で見ることのできるペンギンは主に五種類です。皇帝ペンギン、アデリーペンギン、キングペンギン、ヒゲペンギン、ジェンツーペンギン。その中でも南極大陸で繁殖行動をするのは、皇帝ペンギンとアデリーペンギン。そのほかのペンギンは、南極大陸よりも周辺の島で見られることが多いです」

エンツォがリモコンを操作すると、スクリーンに次々にペンギンの映像が映し出される。

「海獣は主に五種類。カニクイアザラシ、ウェッデルアザラシ、ヒョウアザラシ、ナンキョクオットセイ、そしてミナミゾウアザラシ」

「うわあ、可愛いなあ……ミナミゾウアザラシ、大きくてすごい迫力」

オレは画面を見ながらつい言ってしまう。写真は以前のクルーズの時に撮られたものみたいで、見覚えのあるクルーが一緒に写り込んでいた。彼はこの船のクルーの中でもひときわ大柄で、たしか二メートルを越えていたはず。その彼の大きさと比較しても巨大さがよく解る。

「動物というよりは乗用車みたい」

オレの言葉が聞こえたのか、エンツォが、

「ミナミゾウアザラシの体長は、平均四メートル二十センチ、体重は二トン。報告されている最大の個体は六メートル二十センチ、四トン。普通乗用車の重量が一トンと言われているので、重さだけなら乗用車というよりは貨物用のトラックに近いかもしれません」

「すっごい！　見られたら感動するかも！」

オレが言うと、周りの乗客達も大きくうなずいている。

「彼らは野生動物なので、見られるかどうかは運次第です。ですが……」

エンツォが、オレにちらりと笑いかけて言う。

「ラッキーなメンバーが一緒なので、きっとたくさんの動物が見られると思いますよ」

エンツォ・フランチェスコ・バルジーニ

船は無事に、第一の停泊地であるグディア島近くに到着した。ツアーに出かけるための準備を整え、私達は甲板から南極の壮大な景色を見渡している。

「すごい色の水だね。青を通り越して、黒いみたい」

湊が、海を見つめながら言う。彼が着ているのは、胸に『ＰＶⅡ』のマークが白で描かれた、この船オリジナルの極地用の防寒ダウンコートとダウンパンツ。色は、氷の上でも目立つように明るいオレンジ。防水機能があり、保温性も抜群だ。足には寒冷地仕様のブーツ、手には厚手の手袋と分厚い寒冷地用の白いミトンを重ねている。頭には耳当てつきの白い帽子をかぶり、遮光機能付きのゴーグルを帽子に重ねている。移動で小型船やゾディアック・ボートに乗っている間は、さらに緊急用ライフジャケットをこの上に着ることになる。

「それに……すごい氷山。こんな荘厳な景色、初めて見るよ」

湊がうっとりと言い、深いため息をつく。

紺色の海の上には、巨大な氷山がいくつも姿を見せている。氷山は海面に頭を出しているだけで、ほとんどの部分は海に沈んでいる。透明度の高い水を通して、水中に青みを帯びた巨大な氷の固まりが見えている。その様子は、驚くほど美しく、迫力がある。

「あっ！　何かいる？」

湊が、海を指差しながら言う。黒ずんだ水が大きく盛り上がり、姿を現したのは……。

「うわああ、おっきい！　何あれ？　まさか恐竜？」

湊が、後ずさりながら叫ぶ。私はふいに姿を現したその生き物の大きさに驚きながら、

「シロナガスクジラだ。現在に生きる動物の中ではもちろん最大……というだけでなく、滅亡した恐竜などを含めても、地球上で最大の種だと言われている。もちろん、君が好きなアンフィコエリアス・フラギリムスが実在したとしたら、かなわないけれどね」

シロナガスクジラは巨大な身体を突き上げるようにして、高速で水の上に飛び出す。特徴的な白い縞のある腹と、長い鰭《ひれ》。一瞬停止し、そのまま倒れるようにして、大きな水飛沫を上げて着

水する。

「……も、のすごい……！」

「ブリーチングだ。身体は大きいが、まだ若い個体なのだろうな」

クジラは水面をゆっくりと泳ぎながら巨大な音を立てて潮を噴き上げるが、ふいに方向を変え、驚くほどの速さでそのまま遠ざかっていく。

「あ、行っちゃった！　どうしたんだろう？」

「ああ……あそこを見ていてごらん」

私は言って、遠くに見える南極大陸の一角を指差す。そこには大きな氷河があり……。

ゴゴゴゴ、という低い音がして、予想どおり、そこに巨大な白い雪煙が吹き上がる。

「うわ……何……っ？　噴火？」

「氷河の崩壊だ」

一瞬後、海水に面していた氷河が割れ、巨大な氷が音を立てながら海中に次々に落ちる。

「知っているとおり、氷河はとてもゆっくりとだが、海に向かって流れている。海に面した先端は、重力によってああして割れる。新しい氷山の誕生だよ」

私が言うと、湊は大きく息をのむ。

「……新しい氷山……」

「あの氷河は小さいので問題はないが、もっと大きな氷河や、大陸から押し出された巨大な棚氷が割れると、津波のように危険な波が来る。観測基地からの情報を受け取っているので、もちろんそういう危険のないコースを選んでいるけれど」

……ここに来なくては、経験できない美しい景色だ。そして、いつ見ても……。

落ちた氷が作った波が、船に迫ってくる。船の向きとスタビライザーの関係でもちろん揺れることはないが……舳先《へさき》に白い水飛沫が高く噴き上がるのは、とても迫力がある。

「……うわあ……本当にすごい迫力……」

湊が下を見下ろしながら感嘆した声で言う。それから私の顔に視線を移す。

「少し怖くない？　まるで神様に『ここに来てはいけない』って言われてるみたいで」

私の考えを読んだかのような湊の言葉に、私は深くうなずく。

「ここに来ると、私もいつもそう思うよ。自然は美しく、荘厳で、そして恐ろしい」

私は視線を巡らし、純白の南極大陸を見渡す。

「人間が権力を握る世界は、ここまで。ここから先は、許されざる地だ」

「たくさんの海を知っているあなたが、そんなことを言うなんて……」

湊は少し緊張した声で、

「……南極は、本当に危険な場所なんだね」

「人知の及ばない本当の大自然は、想像を越えて危険なものだ。少しでも油断をすればすぐに牙をむいてくる。だが……」

私は、湊の顔を真っ直ぐに見下ろす。

「きちんとした知識と尊敬を持って臨《のぞ》めば、二度とできない貴重な経験ができるだろう」

湊は真剣な顔で私を見上げて、深くうなずく。

「ちゃんとあなたの言うことを守って、調子に乗ったりしないよ」

「いい子だ」

私は手を伸ばし、彼の髪をふわりと撫でる。

「とても貴重な思い出を、二人で作れることが嬉しいよ」

湊が私を見上げて煌めくような笑みを浮かべる。

「……ミナト」

私はふとたまらなくなって、彼の身体を引き寄せ、そのまま抱き締める。

「エンツォ？」

不思議そうな声で聞く湊の髪にそっと顔を埋める。爽やかで芳しく、そしてとてもあたたかな彼の香りに、胸が締め付けられる。

……リン中尉が追っていた事件は、犯人逮捕とともに終わった。だが……。

「少しだけこのままで」

私が囁くと、湊はクスリと笑って私の身体にそっと手を回す。

「いいよ。……ああ……こうしてると、すごくあったかい……」

無邪気な声が、とても愛おしい。

アマゾンで『ドミネ・デウス』に捕まった湊は、卑劣な幹部達によって毒薬を注射され、命の危機に陥っていた。今でも彼を救えたことが奇跡のように思える。

……もしかしたら、湊は再び彼らに命を狙われていたのかもしれない。

考えるだけで、全身から血の気が引く気がする。

……彼を、絶対に失うわけにはいかない。

私は思いながら、さらに強く湊を抱き締める。

……どんなことがあっても、愛する湊を守らなくてはいけない。どんなことがあっても、だ。

私は、自分に強く言い聞かせる。それから、内心でため息をつく。

……ああ……彼がこうして腕の中にいるというのに、どうしてこんなに不安な気持ちになるのだろう？

その時の私は……無意識のうちにあの事件がまだ終わっていないことを感じ取っていたのかもしれない。

◆

「見て、あそこにオットセイが何匹も泳いでる。可愛い。呼んだらすぐそばまで来そう」

湊が、はしゃいだ声で言う。

私達は『プリンセス・オブ・ヴェネツィアⅡ』からエンジンが静かな小型船に乗り換え、さらにエンジン付きの大型のゾディアック・ボートを使って島に向かっている。軍隊がよく使用する強化ゴムでできたボートだが、岩礁や波にも強く、驚くほどの速度を出すことができる。これは十五人乗りで、両側にゴム製のシートが設置された『プリンセス・オブ・ヴェネツィアII』のオリジナル。今回の南極での観察ツアー用に特注したものだ。

「可愛い。あれはナンキョクオットセイですね」

ルーカが言いながら、湊の隣に並ぶ。湊は楽しそうな笑みを浮かべて、

「すぐ見分けがつくなんて、ルーカはさすが准教授だね。近くに来ないかなあ」

「……本当にいいコンビですね」

後ろから声がして、私は振り返る。コクトー博士が笑みを浮かべて私の横に並ぶ。

「ミナトはいつにもまして少年みたいだし……何より、ディ・アンジェロくんのあんなにはしゃぐ姿、初めて見ました」

「つきあいは古いのですか？」

私が聞くと、彼はうなずいて、

「彼のお父様は実業家でしたが、彼のお祖父様……ダビデ・ディ・アンジェロ伯爵は高名な研究者でした。ディ・アンジェロ伯爵は古生物学者、私の祖父は海洋学者と専門は違いましたが、古くから親交がありました。私も何度か、幼い頃のディ・アンジェロくんに会ったことがあります」

コクトー博士は懐かしそうな顔をして言う。

「あの事件以来、彼に会うことをためらっていました。あんなふうに成長し、無邪気にしてくれているのを見ると、とても安心します。それはそうと……」

自分の隣をちらりと振り返りながら、

「あなたの叔父様は、どうしてずっと不機嫌なのですか？　うっとうしくてかないません」

彼の横にはブルーノ叔父が座っているが……コクトー博士といる時の、いつものご機嫌な様子は微塵もない。眉間に皺を寄せて、遠くを見つめている。

「不機嫌なのではなくて」

ブルーノ叔父が、ため息まじりの声で呟く。

「嫌な予感がするんだ。俺の勘は外れないぞ」

その言葉に、私はリン中尉から聞いた事件のあらましを思い出す。たくさんの犠牲者が発見され、その重要参考人として、叔父とも親しいパヴァロッティ博士が取り調べを受けている。私以外のメンバーには取り調べの件は極秘にされ、博士は急病ということにされているのだが……勘のいい叔父は、何か不穏な空気を感じ取ったのかもしれない。

「体調を崩された博士のことが心配なのはわかりますが……」

コクトー博士が小声で言う。

「そんな顔をしていたら、ほかのメンバーが不安になります。ただでさえ危険な場所なのに」

「アルベールがそう言うなら」

ブルーノ叔父はため息をつき、ベンチから立ち上がる。それから海の向こうを指差して、

「おお、あっちに、ものすごくでかいクジラが見えたぞ！　白鯨サイズのシロナガスクジラだ！」

「えええっ！」

湊達が驚いたように声を上げている。

「ほーら、こっちへ来い！」

「バルジーニ博士！　本当に来てしまったら大変です！」

「こんな小さなボート、ひっくり返されてしまいます！」

ホアンとフランツが、怯えたように言う。私は一応目を凝《こ》らすが、それらしきものはまったくいないので、ただの悪ふざけだろう。ブルーノ叔父が楽しそうに笑いながら、

「ふふ、そうなったらみんなで水泳だ。ほーら、こっちだ！」

ブルーノ叔父は、まるで犬でも呼ぶように口笛を吹き始める。ホアンとフランツが慌てて止めようとしているが、さらに楽しそうに、口笛を吹いたり舌を鳴らしたりしている。

「まったく、小学生ですか」

コクトー博士は呆《あき》れたようにため息をつくが、相変わらずのブルーノ叔父の様子に少し安心している様子だ。だが……。

……ブルーノ叔父は、験《げん》を担ぐような殊勝なタイプではない。それに野生動物並に勘が鋭い。

私は、妙な胸騒ぎを覚えながら思う。

……何も起きなければいいのだが……。

倉原湊

「ついに島に上陸だー！　ペンギン、そのへんにいないかなあ？」

オレ達が上陸したのは、グディア島というところにある、ポートロックロイという港だった。

「見られたらいいですけど……野生動物ですから、そんなに簡単には見られませんよ」

「もっと奥地に行かないと、ペンギンは生息していないんじゃないですか？」

フランツとホアンが言う。

ブルーノさんとアルベールさん、それにルーカは、別のゾディアック・ボートで上陸した学生達と連れ立って、近くにある海鳥のコロニーを観察しに出かけた。明後日はロシアの研究チームの協力で氷底湖の調査に出かけるから、そのメンバーとの打ち合わせ場所でもあるらしい。

「うわあ、可愛い建物。あれが南極郵便局？」

雪に覆われた地面の上には建物が二棟、黒い壁と屋根、白い窓枠。扉と屋根と窓の境目が綺麗なオレンジ色に塗られていて、可愛くてお洒落だ。

「そうだよ。元は英国の南極観測基地だった。この南極では最古の研究所として登録されている」

「へえ、そうなんだ……ちょ、ちょっと待って……！」

緩い坂を上って周囲が見渡せるようになったところで、オレは思わず立ち止まる。

「うわあ！　ペンギンだらけ！」

オレの叫びに、エンツォがくすりと笑う。

「ここは、ジェンツーペンギンの巣があることでも有名なんだ」

建物の周囲には、数え切れないほどのペンギンがいた。くちばしと脚が綺麗なオレンジ色。目の後ろから頭にかけてヘアバンドを巻いているような白い模様があって、翼の付け根にも白いラインが入っている。大きさは、大きめの猫くらいだろう。両手で持ち上げられそうなところが、めちゃくちゃ可愛い。

「すごいです！　こんなに近くで、こんなにたくさんのペンギンが見られるなんて！」

「うわー、とっても可愛い！」

フランツとホアンが、感動したように言う。

さっきからギャアギャア言う声が聞こえて、海鳥かと思っていたんだけど……どうやらそれは、ペンギンの声だったらしい。ペンギン達は地面に座ったり、翼をパタつかせながら歩き回ったりして思い思いに過ごしている。

「ジェンツーペンギンと南極郵便局、よく見ると同じ色合いじゃない？　面白い……あ、ねえ、見て。あのペンギン」

オレは、一羽のペンギンを指差して言う。

「なんかを咥えて、一生懸命運んでない？」

「餌でしょうか？」

「魚にしては小さいような……あっ！」

ペンギンはトコトコと歩き、岩の上に積まれた小石の上に、持っていた小石を積み上げる。よく見ると、周囲には同じようなものがたくさんあって……。

「あれって、巣じゃない？　上に座っているやつもいるし……うわっ！」

ペンギンが持ってきた小石を、いきなり近づいてきた別のペンギンが横取りして逃げていく。

ペンギンはギャアギャア言いながらそれを追いかける。

「うわあ、石を横取りされた。ペンギンの世界も厳しいんだね」

オレが言うと、エンツォがクスリと笑って、建物を指差す。

「あの棟は、南極の歴史がわかる博物館。この棟の郵便局の中ではお土産やカードを売っているよ。ここからカードを出せば、南極の消し印入りで届く」

「本当？　オレ、家に出さなきゃ！　あと、雪緒とかのところにも！」

オレはドキドキしながら言う。フランツが、

「僕は実家と……あと『プリンセス・オブ・ヴェネツィアⅡ』に出してみます。どこかの港から、船宛に届いたらすごく感動するし。あ……ジブラル航海士宛にも出さなくちゃ」

ジブラルも一緒に上陸するんだと思ったんだけど、どうやら彼は、リン中尉達のチームと行動しているらしい。フランツは少し寂しそうだけど……まだ何か仕事が残っているなら仕方がない。

「僕も、実家と……それから、ワシントンDCにある、リン中尉のご自宅に。南極から急に手紙が届いたらびっくりしますよね」

ホアンが楽しそうに言う。ずっとちょっと寂しそうだったんだけど、ジョナサンから聞いたり

ン中尉の裏話で、すっかり元気になったみたい。ともかく、いろいろなことが早く終わってみんなでバカンスに入れれば、それが一番なんだけどね。

「そしたら郵便局に行って、手紙を書かなきゃ」

オレが言うと、ホアンが、

「『プリンセス・オブ・ヴェネツィアII』の乗客のみなさんのほとんどが、ここへのツアーを希望していたはずです。交代制にはなっていると思いますが、あと一時間くらいしたらここも人でいっぱいになって、あまりゆっくりできないかもしれません」

「じゃあ、急がなくちゃ。手紙と……あと、南極のお土産を忘れたら、妹の渚《なぎさ》に叱られちゃう。オレが南極行くって言った時から、ペンギン、ペンギンってうるさくて」

「さっそく行きましょう！　後で博物館も見なきゃならないし！」

フランツとホアンが、郵便局に早足で向かう。オレは、後ろに立っていたエンツォを振り返って、そのちょっと不満そうな顔に思わず笑ってしまう。

「もちろん、あなたにも手紙を出すよ？」

「よかった。忘れられているかと思ったよ」

エンツォは言って、優しい笑みを浮かべる。

「私は君に手紙を出そう。普段はメールや電話が多いので、手紙を出す機会は珍しい。熱烈なラヴレターにしなくては」

その言葉に、オレは思わず真っ赤になってしまう。

……南極のエンツォからラヴレターが届いたら……めちゃくちゃドキドキしちゃいそうだ。

◆

手紙を無事に投函し、博物館を楽しみ、お土産を山ほど抱えたオレ達は、可愛いジェンツーペンギン達に後ろ髪を引かれつつ、ゾディアック・ボートと小型船を乗り継いで『プリンセス・オブ・ヴェネツィアⅡ』に戻った。

そこでランチと休憩をした後、夕方近くになって、ついに南極大陸に上陸するために再びゾディアック・ボートに乗り込んだ。南極でのナイトツアーはかなり過酷なはずなんだけど、大人気みたい。海には、ほかの乗客が乗り込んだゾディアック・ボートがたくさん並走してくる。氷山の上に悠々と寝そべった大きなゾウアザラシ達が、興味深げにオレ達を見送っている。

……なんだか、冒険って感じでわくわくする……！

上陸したオレ達は、海岸に近い岩場に集合していた。

「さて、みなさん」

エンツォが、周囲を見渡しながら言う。

「出発前のミーティングでもありましたが、南極条約により、ここでは火を使った暖房器具は使えません。ミネラルウォーター以外の飲食物の持ち込みも許可されていません。サバイバル・スタッフとコンシェルジェがテントに常駐していますので、船に戻りたくなった方は遠慮なく申し出てください。今夜の予報は快晴ですが、万が一天候が変わった場合は危険ですのですぐに撤収します」

エンツォの言葉に、乗客達が神妙な顔でうなずく。フランツとホアンは、サバイバル・スタッフの手伝いで、『プリンセス・オブ・ヴェネツィアⅡ』のマークが入った小型のテントと寝袋を配って回っている。

「特別仕様の、寒冷地用のテントと保温用のマット、そして特別製の寝袋です。今夜の予想最低気温はマイナス五度ですが、マイナス四十度の寒さまで耐えられる仕様になっています。なので、くれぐれもキャンプファイヤーであたたまろうなどと思わないようにお願いします」

エンツォの言葉に、乗客達が楽しそうに笑う。

「南極ツアーでは、すべてのことを自分でできるようにしなくてはいけません。テントを張るのも、寝袋の準備も、自分の手で行っていただきます」

大富豪揃いの乗客達だから、不満そうにするかと思いきや……。

「キャンプなら慣れておる！　任せておけ！」

「私もボーイスカウト時代から、テント張りが得意なんですよ！　お手伝いします！」

さすがサバイバル好きが多いだけあって、みんなやけに楽しそうだ。エンツォが、

「それはとても頼もしい。……これから詳しい説明がありますし、未経験の方には船のスタッフも手をお貸しします。特に女性の方には」

「ねえ、フランツ。私のテントを手伝ってくれない？」

「ホアンはこっちね。私、力には自信がないの」

頬を染めて言っている女性達が、ジムで大きなダンベルを持ち上げてワークアウトをしていたグループだと気づいて、オレは思わず微笑んでしまう。

「撤収は三時間後の予定です。夜の南極を、存分に楽しんでください。……それでは、サバイバル・スタッフから、テントの張り方の説明と、注意事項を」

エンツォが言って、ものすごくマッチョなサバイバル・スタッフと場所を交代する。

「クルー達は格好いいから、ものすごい人気だね。オレ、テントなんか張ったことないから大丈夫かな？　っていうか、オレのテントは？」

「君のテントは特別製だ。私が張るので心配しなくていい。それに……」

オレの言葉に、エンツォが言う。それから、

「君のために、特等席を用意してある。おいで」

エンツォが大きな荷物を持ち上げ、そっと人ごみから離れる。そのまま海岸沿いを歩いて、小さな岩の丘に登る。みんながキャンプをしているところから少ししか離れていないのに、嘘みたいに静かだ。

「わあ、ここなら落ち着いて星を見られそう」

「さて、気温が下がる前にテントと寝袋を準備しなくては」

エンツォが言って、ほかの乗客のものとはちょっと違うテントを広げる。かなり大きいけれど、最新式みたいで設営は意外なほど簡単だった。床と壁と天井が一続きになったドーム状のテント

に、オレは靴を脱ぎ、それを持って入る。

「わあ、広い！　それに天井が透明になってるんだね。これなら星がものすごくよく見えそう」

「見られるのは星だけではないよ」

エンツォの言葉に、オレはドキドキしながら、

「夜に何かが飛ぶとか？　いやでも、コウモリっぽいものが南極にいるわけがないし……」

「早く準備をしよう。すぐに気温が下がる」

エンツォが言ってブーツを脱ぎ、荷物とそれを持ってテントの中に入ってくる。保温用の分厚いマットを床に敷き、その上に持っていた寝袋を広げて……。

「ちょっと待って。この寝袋って……やけに大きくない？」

「もちろん二人用だよ。特注で作ったのだが、間に合ってよかった」

「たしかに、一緒に入った方があったかいだろうけど……」

二人用とはいえ、やっぱり寝袋だから、ロイヤル・スウィートにあるキングサイズのベッドよりもずっと小さい。二人で入ったら身体がかなり密着しそうな……。

「今夜はあたたかそうだから、寝袋の中では一番上の防寒コートは脱いで大丈夫だろう」

エンツォが言って、分厚いダウンコートを無造作に脱ぐ。下にはシルクの防寒ライナーとカシミアのセーター、さらに薄手のダウンジャケットを重ねているから薄着ではないけど……ぴったりと張り付く黒のダウンジャケットが、エンツォの身体の逞しいラインを際立たせている。エンツォは慣れた様子で寝袋のファスナーを大きく開き、そこに横になる。そして自分の横をポンポ

ンと軽く叩く。

「早くおいで」

微笑みながら言われて、オレは一人で真っ赤になる。

……うわ、やばい、ドキドキする……！

オレはエンツォから必死で目をそらし、保温マットの上に座ったまま、分厚いダウンコートを脱いで……。

「ふわっ！　テントの中でも、やっぱり氷点下は寒い！」

照れてる余裕なんかなく、慌ててエンツォの隣に滑り込む。エンツォがファスナーをしっかりと閉じてくれて、オレはあったかさにホッと息をつく。そして上を見上げて……。

「すごい……！」

いつの間にか陽は沈み、透明になったテントの天井部分から満天の星空が見えた。それは今まで見たことのある星空の中で、一番の迫力。まさに降るような……という感じ。

「南極の星、やっぱりすごいね」

「世界で一番綺麗な星空だろう。それに……ああ、そろそろだな」

エンツォが言葉を切り、そして……。

「え？　何が……うわあ！」

オレは思わず声を上げる。空の端に不思議な緑色の光が明滅《めいめつ》したと思ったら、ふわりと天空に広がった。それは風に揺れるレースのカーテンみたいに美しくなびいて……。

「……オーロラだ……！」

緑色だったオーロラは、ゆっくりと色を変え、虹色になった。そしてそのまま形も変えて……。

「渦《うず》になったよ！　オーロラが、あんな形に……うわあ！」

渦を巻いたオーロラが、まるで降ってくるような放射状に変わる。こんな形のオーロラは、映像でも見たことがなくて……。

「オーロラの真下に入ったんだ。しかも……」

虹色だったオーロラが、さらに色を変え、綺麗な紫色に変わっていた。それは神秘的を通り越して、なんだか怖いほど美しくて……。

「オーロラは何度も見たが、コロナ状を見られたのは初めてだ。しかも紫色は一番珍しいんだ」

エンツォが陶然とした声で言う。

「これはきっと、君のラッキーのおかげだな」

「すごいものを見ちゃった。それに……一生に一度は来てみたいと思っていた南極に、今、本当にいるんだよね」

オレは夢のように美しいオーロラを見上げながら、うっとりと言う。

「……こんなすごい景色がこの地球上にあるなんて、本当に不思議だ」

「初めて見た時、私もそう思った。だから君を、ここに連れてきたかったんだ」

空を見上げていたエンツォが、オレの方をゆっくりと振り向く。

「どうしても、二人で、この景色を見たくなった」

彼の紫色の瞳が、オレを真っ直ぐに見つめる。それは空を彩《いろど》る美しいオーロラと同じ色で……。

「あなたと一緒に、この景色を見られて嬉しい」

「私もだ」

エンツォの腕が、オレを引き寄せる。そしてオレとエンツォは、そっとキスを交わした。

……ああ、この体験は、絶対に一生忘れない……。

エンツォはそのままオレを腕枕してくれて、オレはあったかさについうとうとしてしまい……。


「……ミナト」

耳元で響いたエンツォの囁きに、オレはハッと目を覚ます。

「あぁ、あったかくてちょっと寝ちゃった……あれ？」

静かだったテントのすぐ外で、何かたくさんの生き物が動いている気配がする。

……外に、何かいる……！

オレは思い、青くなる。

……南極だからシロクマはいないはずだ。だったら、ヒョウアザラシとか？　たしかあれは肉食で、ダイバーを襲ったこともあるって記事を読んだことが……。

エンツォが、ふいに寝袋から滑り出る。

「……エンツォ、危ないよ……！」

「……シッ、そのまま動かないで」

エンツォは手を伸ばし、テントの入り口のファスナーを開けてしまう。オレはものすごく驚いて、怖さに思わず目を閉じる。何かがわさわさとテントの中に入ってきたのを感じる。

……うわあ、なんなんだ、これ……？

「……目を開けてごらん。落ち着いて、ゆっくり」

オレは深呼吸し、ゆっくりゆっくり目を開いて……。

思わず叫びそうになるのを、必死でこらえる。だって、そこには……！

……か、可愛い……！

ふわっふわのグレーの羽毛。大きさは小さめの猫くらい。頭が黒くて、目から顎にかけての部分がUの形にくるりと白い。キラキラの黒い瞳と黒いくちばしを持った赤ちゃんペンギンが十羽ほど、よちよち歩きながらオレ達に近づいてきていたんだ。

……赤ちゃんペンギンが、こんなに……！

ペンギン、それに可愛いものも大好きなオレには、これはまるで天国みたいな光景だ。

「近くにペンギンのコロニーがある。親が海で狩りをしている間、赤ちゃんペンギンは巣で留守番をしているはずなのだが……」

エンツォが言いながら寝袋に入ってきて、ファスナーを閉める。

「ペンギン達は、とても好奇心が旺盛だ。見慣れないテントを見て、中に入ってみたくなったんだろうな。ずっとテントの周囲をぐるぐる回っていた」

「ふわあ、可愛いけど……ペンギンには五メートルまでしか近寄っちゃいけないんだよね？　この場合、南極条約はどうなるの？」

オレは寝袋から顔だけを出した状態で、困り果てる。エンツォは、「条約には、野生動物にこちらから近寄ってはいけないとある。だが、あちらから来てしまった場合はその限りではない」

赤ちゃんペンギン達はピーピー鳴きながら寝袋の周りを探検し、最後にはオレの身体の上に乗ったり、顔のすぐ脇にしゃがんだりして寝てしまった。ふわっふわの羽毛が頬に当たってくすぐったいけど、近くで見る赤ちゃんペンギンの寝顔は、ものすごく可愛い。

「うわーん、幸せだよ～。でも身動きが取れない～。写真が撮りたい～」

オレが言うと、エンツォが笑いながら寝袋から手を出し、荷物を引き寄せる。

「写真を撮ることには賛成だ。とても貴重なショットだからね」

荷物の中から出した一眼レフカメラで、エンツォはオレと赤ちゃんペンギン達の写真を何枚も撮る。フラッシュはもちろんたかなかったけれど、シャッター音がけっこう大きい。そのせいか、ピーピーという赤ちゃんペンギン達の抗議にあって、エンツォは苦笑する。

「静かにしろ、と叱られてしまった。時間まで、彼らとの貴重な時間を楽しむことにするか」

エンツォはカメラをバッグに戻し、寝袋のファスナーを閉める。

「とても可愛い写真が撮れたよ。宝物にしよう」

エンツォはオレを見てクスリと笑う。赤ちゃんペンギン達はオレの上がすっかり気に入ったみたいで、胸の上やお腹の上にまで乗って寝ちゃってる。さすがに鳥の仲間だけあって、もこもこした見た目に反してものすごく軽いところがまた可愛い。

「ダウンの寝袋の上に、本物の羽毛の子達が乗ってくれてるから、ものすごくあったかい」

オレが言うと、エンツォが楽しそうに微笑んで、オレに顔を寄せてくる。

「せっかくダブルの寝袋だし、君と抱き合って過ごそうと思ったのだが……」

赤ちゃんペンギンの一羽、一番小さなやつが、オレとエンツォの頬と頬の間に、むぎゅうっと割り込んでくる。ふわふわの羽毛に頬を埋めたエンツォが苦笑しながら、

「どうもそうはいかないようだ。南極の自然は本当に厳しいな」

「うわ、ちょっと動かないで！」

ペンギンを起こさないようにそっと手を伸ばして、自分のリュックから耐寒ケースに入れたスマートフォンを出す。そしてペンギンとエンツォのツーショットをムービーで撮影する。

「うわあ、すっごくいい感じ。一番小さいこいつはペンと名付けよう。ペン、もっとエンツォに顔を近づけて〜……うわ！」

好奇心旺盛な仔ペンギン達は、スマートフォンの液晶画面の光に興味をひかれたみたい。いっせいに移動して、画面を覗き込んだり、反対側からレンズをつついたりしている。

オレとエンツォの間に割り込んでいた一番小さなペンギン……ペンが、エンツォは自分のものだぞ、って感じでエンツォの頬にぐいぐい身体をすり寄せている。

「すごくいい映像が撮れてるよ！　ペン、エンツォ、こっち向いて！」

いつもクールで大人なエンツォが、もふもふの仔ペンギンに擦り寄られて当惑している姿は、ものすごく微笑ましい。ムービーを撮りながら、オレは思わず笑ってしまう。

「あははは、いい！　フランツとホアンに見せびらかさなきゃ！　あと、アルベールさんやブルーノさんにも！　きっとすごくウケると思う！　ブルーノさんは、授業の時に資料映像として使ってくれるかもしれないよ？」

「笑ったね。悪い子だ」

エンツォが、菫色の瞳でレンズを見つめながら言う。

「船に帰ったらお仕置きだよ。……覚えておきなさい」

ものすごくセクシーな声で言われて、ドキドキしてしまう。

……ああ、これじゃ誰にも見せられないよ……！

「さて、名残惜しいが、そろそろ時間かもしれない。撤収の準備をしようか」

エンツォが言って、ペンギン達を脅かさないようにゆっくりと起き上がる。

「あ、オレも手伝う。みんな、名残惜しいけどお別れだよ」

オレは寝袋から出ながら言う。ほかのペンギンは気配を感じてテントからぞろぞろと出ていくけれど……ペンはあぐらをかいて荷物をまとめるオレの腿に身体を擦り寄せて座り、面白そうにオレとエンツォが片付けるのを見守っている。

「もふもふしてあったかい。なんか、懐かれちゃったかも」

「君とのツーショットがとんでもなく可愛いな。……このまま連れて帰りたい」

呟いたエンツォの顔がかなり真面目で、オレは笑ってしまう。

「あなたはもふもふした動物、けっこう好きだもんね。英国風のカフェで猫のポッター教授を膝に乗せてお茶してるところをよく見るって、フランツが言ってたよ」

「私が乗せたのではなく、彼が勝手に乗ってくるんだ。……まあ、可愛いのはたしかだが」

エンツォが言い、オレは笑いながらブーツを履き、二人分の荷物を持ってテントから出る。ペンがオレの後についてちょこちょことテントから出てくる。もう帰ったかと思っていたほかの赤ちゃんペンギン達が、テントの外にずらりと並んでいたのを見て、オレは笑ってしまう。

「エンツォ、彼らをちゃんと送り届けないと。そろそろ親御さんが帰ってきてるんじゃない？」

「たしかにそうだな。ペンギン達を巣まで送っていこうか。ちゃんと全員を、それぞれの親元に戻さないといけないからね」

たたんだ防寒シートを持って出てきたエンツォが、手早くテントを片付ける。ほかに残っている物がないかを確認し、荷物を持ち上げる。オレに片目をつぶって、

「ちなみに彼らは皇帝ペンギンの赤ちゃんだ。親御さんはかなり大きいから覚悟しなさい」

◆

「皇帝ペンギン、大きかったね！　大人の雄はオレの胸くらいまであった！　びっくりした！」

少し早めにテントを片付けたオレ達は、赤ちゃんペンギン達を巣まで送り届けた。全員が親ペンギンと再会できたのを確認し、後ろ髪を引かれながらゾディアック・ボートに乗り込んで、『プリンセス・オブ・ヴェネツィアⅡ』に戻ってきたんだ。

「ああ〜、めちゃくちゃ可愛かった！　本当は、ペンを連れてきたかった！」

ペンと名付けた一番小さな子は、最後までエンツォとオレに擦り寄って、なかなか巣に戻ろうとしなかった。最後には親ペンギンがわざわざ迎えにきて帰っていったけど……翼をパタパタさせながら何度も振り返るところが、バイバイ、と言ってるみたいでめちゃくちゃ可愛かったんだ。

「南極条約に違反するのは許されないよ。だが……実は同じことを思っていた」

エンツォが、ダウンコートを脱ぎながら苦笑する。

「寝袋に入っていたし、その後もしっかり防寒してたけど、やっぱり氷点下はすごいね。……帰りは防寒用のマスクもしてたけど、顔が冷たくなっちゃった。ほら、冷え冷えじゃない？」

オレはエンツォの手を握って自分の頰に当て……それからエンツォが楽しそうに微笑んだことに気づいて思わず赤くなる。

「うわ、ごめんなさい！　つい、部活のノリで！」

オレが言うと、エンツォはちらりと眉を上げて、

「部活の時には、いつもそんなことをしているのかな？」

「いや、別にいつもじゃないよ！　それにバスケ部は男ばっかりだから、抱きついたり触ったりは普通だし！」

オレは言うけれど、エンツォの顔を見てさらに墓穴を掘ったことを知る。

「抱きつく？　触る？　ほかの男に？」

「いや、だけどやつらにはなんの他意もないし、あなた以外の誰かに触られたって、別に……」

「まさか、ほかの部員と一緒にシャワーを浴びたりはしていないだろうね？」

エンツォに睨まれて、オレは慌てて、

「部室のシャワールームはブースになってるから……でも、合宿の時には大浴場だし、みんなでタオル一枚で腰に手を当てて、いちご牛乳を飲んだりはするけど……」

「タオル一枚？」

「ほかのやつらだってタオル一枚だし、大浴場といちご牛乳は日本の文化なんだ！　それに、オレの身体なんかに誰も興味ない！　だから少しくらい裸を見られたって問題ないってば！」

「プールでほかの男の視線に身体をさらさない、スポーツジムでは膝までのパンツをはいて腿を見せない……それをやっと覚えたと思ったのに……なんてことだ……」

エンツォは手で顔を覆って、深いため息をつく。それから、

「ともかく、このままでは冷えてしまう。一緒に風呂に入ってあたたまろう。服を脱ぎなさい」

命令口調で言われて、オレは真っ赤になってしまいながら後ずさる。

「いや、オレは……」

「抱きつかれても、触られても、裸を見られても、相手が男なら問題ない……さっき君は、そう言ったと思うのだが？」

「そ、それは……」

……相手がエンツォなら、それはものすごく問題だ……！

「ええと……オレ、メールをチェックしてからお風呂に入るから！　神代寺《じんだいじ》先生からメールが入

ってたら大変だし！　だから先に入ってて！」

オレが言うと、エンツォはまた深いため息をつき、そのままバスルームに消える。オレはホッとしながら、脱いだダウンコートを持ってベッドルームに入り、部屋の明かりをつけようとして……間違えてバルコニーの照明をつけてしまう。

「ああ、間違えちゃった。けど、いいか」

オレはバルコニーの明かりを頼りに、ダウンコートとその下に着ていた薄地のダウンジャケット、それにフリースのインナーシャツ二枚を脱ぐ。寒冷地用のダウンパンツと下に重ねてはいていたスキーパンツ、ついでに三重になっていた靴下も脱いでトランクス一枚になる。クローゼットから出した綿シャツとセーター、そしてジーンズという普段着に着替える。すごい重ね着をしていたからモコモコで歩きづらかったし、適度な気温のこの船の中ではすぐに暑くなりそうだ。

「そういえば、部屋のスイッチのレイアウトが、前とは少しだけ変わってるんだよね。使いやすくなってるけど……新しいスイッチの場所、早く覚えなきゃ」

オレは裸足のまま壁のパネルのところに歩き、取り付けられたいろいろなスイッチを動かしてみる。照明の調整スイッチ、天井に埋め込まれたスピーカーの音量スイッチ、窓のカーテンも電動になっているから、その開閉スイッチもあって……。

「ん？　これって前はなかったよね」

オレは、新しく増えている一番下のスイッチをオンにして……。

「えええええーっ！」

前とは違って、ベッドルームの一部がガラス張りになっていた。二重ガラスの間に木製ブラインドが入って中が見えないように下ろしてあったから、気にしてなかったんだけど……。

「うわ、なんだなんだ！」

ブラインドがゆっくりと開く。ガラスの向こうには、もうもうとした湯気が上がり……。

「わあああーっ！」

オレは思わず一人で叫んでしまう。

湯気の中に見えたのは、シャワーを浴びているエンツォの姿だった。筋肉の影を浮き上がらせた、彫刻みたいに完璧な身体。陽に灼けた肌の上を、シャワーのお湯が煌めきながら滑って……。

オレの視線に気づいたかのように、エンツォがふと振り返る。

シャワーに濡れた髪が、額に落ちかかっている。

いつもは完璧に整えられている髪が乱れ、その感じがめちゃくちゃセクシーで……。

「ご、ごめんなさい！　わざとじゃなくてっ！」

オレは必死で目をそらし、慌ててスイッチを操作するけれど、間違えてさらにブラインドを上げてしまって……。

「うわああ、なにやってんだ、オレ？　閉まれ、閉まれってば！」

「ミナト」

必死でスイッチを操作していたオレは、後ろから聞こえた声にビクンと震える。

「一緒に入りたければ、最初からそう言いなさい」

おそるおそる振り返ると、そこにはタオルを腰に巻いたエンツォが髪を拭きながら立っていた。髪から落ちた雫《しずく》が、彼の首筋をゆっくりと伝う。

「……ちが……そうじゃなくて……」

スイッチを間違えただけ、と言わなきゃいけないのに、声がかすれてしまう。炎をたたえたような菫色の瞳で真っ直ぐに見つめられて、どうしても目がそらせない。頬が熱くなって、鼓動がどんどん速くなる。

……ああ、見つめられてるだけなのに……。

オレは彼を見つめ返してしまいながら、思う。

……こんなに、身体がトロトロになっちゃうなんて……。

「一緒に入りたかったわけじゃない？　それは……」

エンツォがオレに近づき、耳元で囁く。

「この場で、今すぐに抱かれたいということ？」

言葉だけで、オレの身体がビクンと震えてしまう。まるで愛撫でもされたかのような反応がすごく恥ずかしくて、ますます鼓動が速くなって……。

「ダメ、ここじゃ……」

囁き返すオレの声が、甘くかすれてしまってる。

「……あなたが、風邪をひいちゃうよ」

エンツォがクスリと笑って、

「バスルームでなら、いい？」

彼のセクシーな声に、もう逆らえない。オレは呼吸を乱してしまいながら、小さくうなずく。

「……うん……」

「素直ないい子だ。……服を、自分で脱ぎなさい」

オレの手が、彼の甘い囁きにあやつられるようにしてゆっくりと上がる。オレは快感の予感に震えてしまいながら、セーターを脱ぐ。

「どうしてそんなに照れているんだ？　抱きつかれても、触られても、裸を見られても、相手が男なら問題ないんだろう？」

エンツォが、オレの耳たぶにキスをしながら囁く。

「……イジワル……相手があなたの場合は……すごく問題だよ……」

「どうして？」

「だって、オレ……いや、なんでもない！」

「まだ意地を張るのか？　悪い子だな」

彼が小さく笑って、オレの綿シャツのボタンをゆっくりと外していく。布の隙間から、彼の手がそっと忍び込む。

「……あ……エンツォ……」

あたたかく濡れた手のひらが、オレの胸元を滑る。オレの首には、エンツォからもらったチェーン。その先には、バルジーニ家の跡取りの伴侶である証の、美しい黄金の鍵がある。

エンツォはそれを確かめるように鍵の形を指で辿り、それからオレの胸の上にゆっくりと手を滑らせる。

「……ああ……っ」

彼の指先が、いつの間にか尖ってしまっていたオレの乳首の先を、軽く弾く。

「……んっ！」

「ほかの男に乳首を見せるなんて、とんでもないことだ。これから気をつけるね？」

乳首をゆっくりと愛撫しながら、エンツォが囁く。

「……あ……でも……」

「素直にわかったと言わないと、このままお預けにするよ？」

耳に柔らかいキスをされ、乳首を指先でなぶられて、オレの腰がひくりと跳ね上がる。

「……ん……っ」

オレの屹立は、エンツォの体温と囁きだけで、もうすっかり硬く勃ち上がってしまってる。

「……あぁ……イジワル……そんなこと……」

……こんな状態でお預けにされたら、おかしくなっちゃうよ……！

「ほかの男には、身体を絶対に見せない。約束できるね？」

エンツォの言葉にオレはうなずきそうになるけど……。

「……いや、でも……合宿の時にみんなで大浴場に入るのは、部活の恒例行事なんだ！　身体を見せたくないから風呂に入らないなんて、そんなこと絶対言えないし……！」

「まだ降参しないね、悪い子だ。それなら……」

エンツォの腕が、オレを抱き上げる。

「……あたたかいところで、ゆっくりとしつけ直さなくてはいけないな」

……ああ、囁かれるだけで、氷みたいに溶けちゃいそう……。

エンツォはオレを抱いたまま脱衣室に入り、そこでオレを下ろす。そして、オレを鏡の方に向けて立たせる。

エンツォの美しい手が、オレの身体をゆっくりと撫で、シャツを肩から滑り落とす。彼の両手が、むき出しになったオレの両方の乳首をそれぞれ摘み上げる。

「……んんっ！」

両手でゆっくりと揉み込みながら、オレの首筋にキスをする。

「誘うようなバラ色で、こんなふうに震えながら、可愛らしく尖っている。こんな淫らな乳首を、ほかの男に見せているなんて……本当にいけない子だ」

エンツォが囁いて、オレの首筋に歯を当てる。キュッと強く噛まれて、オレの身体に不思議な電流が走る。

「……アアッ……！」

「まさか……」

エンツォの手が滑り、オレのジーンズの前立てのボタンを外し、ファスナーを引き下ろす。緩めのジーンズが、重力に従って足首までずり落ちてしまう。

「こんな場所まで、ほかの男に見せてはいないだろうね？」

エンツォが言いながら、シルクのトランクスの上から屹立を撫でてくる。そこで、オレは自分が限界まで勃ち上がっていたことに気づく。

「……そ、それは……あぁっ！」

「それは……何？」

エンツォの指が、薄い布地越しにオレの形を辿っている。一番感じやすい先端を指先でキュッと擦られて、オレの先からトクンと先走りの蜜が溢れる。

「見せている？　見せていない？　続きを言いなさい」

意地悪く聞かれて、オレは呼吸を速くしてしまいながら、

「……してない……大浴場は湯気でもうもうとしてるし、腰にタオルを巻いてるし……」

「少し安心した」

エンツォは言うけれど……やっぱりちょっと怒ってる証拠に、オレのトランクスを一気に腿まで引き下ろす。

「ああっ！」

オレの屹立が、プルン、と震えて空気の中に弾け出る。身じろいだ拍子にトランクスが足首まで落ちて、オレは何も身に着けずに、エンツォに後ろから抱かれている状態になって……。

「……あ……」

「日本の旅館には、部屋にもバスルームがあるんだろう？　今後は合宿での大浴場は禁止。……

約束できる？」

その言葉に、オレは断固として首を横に振る。

「……嫌だ！　そんな約束、できない……！」

背中に押し付けられている、濡れてあたたかい彼の身体。滑らかな肌と鍛《きた》えられた筋肉の硬さが、ものすごくセクシーで……。

「ちゃんと顔を上げて。自分が今、どんな顔をしているか、ちゃんと見てごらん」

囁きながら、指先でオレの顎を持ち上げる。

「……あ……」

鏡の中のオレは、頬を染め、目を潤ませ、今にも蕩《とろ》けてしまいそうな顔をしていて……。

「こんなに色っぽい顔になっているくせに、まだ意地を張るなんて」

エンツォが言ってオレの身体を腕に抱き上げ、バスルームに運ぶ。そして、お湯を満たしたバスタブの中に、二人で一緒に入ってしまう。

「……んん……っ」

エンツォが、手にボディーソープをたっぷりと垂らす。濡れた手が、オレの乳首の上をゆっくりと滑る。両方の乳首をキュッと摘み上げられ、指先でヌルヌルと愛撫されて、お湯の中の屹立がビクビクと震える。

「……く、ふ……っ」

オレは身体を反らしてしまいながら、唇を噛んでその快感に震える。

「乳首をほんの少し刺激しただけなのに、とても感じているようだ」

エンツォの右手がお湯の中に入り、その指先がオレの屹立の形を確かめる。その軽い刺激だけで、身体に電流が走る。

「……や……」

オレは思わず逃げようとするけれど、エンツォの腕がオレをキュッと引き戻す。

「乳首だけでイケそうだ。自分がどんなに感じやすいか、きちんと自覚してもらおうか」

エンツォが言って、オレの身体を自分の膝の上に引き寄せる。あぐらをかいた彼の腿の上に座る形になって、あることに気づく。

……ああ、エンツォも感じてくれてる……。

オレの背中に、とても硬くて熱いものが当たってる。とても逞しいそれの存在を感じるだけで、心臓が壊れそうなほど鼓動が速くなって、屹立がさらに熱くなって……。

「……ああ、ダメ……！」

両方の乳首を強く摘み上げられ、コリコリと揉み込まれる。親指と中指で摘んで尖らせた乳首の先端を、ヌルヌルの人差し指が往復する、同時に耳たぶを甘噛みされて、オレの身体に激しい射精感が湧き上がり……。

「……くうう……んんっ！」

オレの身体が勝手に跳ね上がる。動いた拍子に、彼の屹立がオレの腰にゴリッと当たって……。

「……アアッ……！」

屹立が射精感にビュクンと跳ね上がる。先端から、ドクドクン！　と激しく欲望の蜜が迸《ほとばし》る。

「……あ……あ……っ！」

その快感の激しさに、オレは身体を反り返らせながら震え……そして一気に脱力する。エンツォの肩に後頭部を預けて息を弾ませるオレの頰に、エンツォがそっとキスをする。

「乳首だけでたくさんイケたね。自分がどんなに感じやすい身体をしているか、自覚した？」

囁いて後ろから抱き締められて、オレは恥ずかしくて泣きそうになる。

「……違う……あなたが……」

オレの唇から、かすれた声が漏れる。

「……すごく硬いのを、後ろから押し付けるから……」

「押し付けられて、ますます感じてしまったのか。いやらしい子だ」

エンツォの大きな両手がオレのウエストを支え、腰を上げさせる。オレはお尻を突き出したような恥ずかしい格好で窓に両手を押し当て、倒れそうな身体を必死で支える。

「……あっ」

彼の硬く張りつめた欲望の先端が、後ろから、オレの隠された蕾《つぼみ》に当てられる。ボディーソープのせいか、それとも彼の先走りの蜜なのか……彼の先端は滑らかに蕾の周囲の花びらを辿り、さりげなくオレの入り口を刺激してくる。

「……んんっ！」

オレの蕾は待ちこがれたように震え、とろりと蕩けて彼の先端を飲み込んでしまう。

「……ああ……っ」

それを自覚してしまったせいで、オレの蕾は彼の逞しい先端を咥えたまま、キュウウッときつく収縮する。

「ああ……君の方から誘い込んで、しかもいやらしく締め付けてくる。なんて身体だ」

エンツォが囁いて、オレの首筋に唇を滑らせる。感じやすい耳たぶの下をチュッと吸い上げられて、オレの身体がビクビクと震えてしまい……。

「……や、ああ……っ」

さらに蕩けた蕾が、エンツォをゆっくりと受け入れていく。逞しい彼の張り出した部分が、入り口に近い性感帯をキュッと刺激してくる。

「……あっ……ダメ……そこは……っ！」

いきなりまたイキそうになって、オレは窓に額を押し付けて必死で耐える。

「ん？　ここが気持ちがいい？」

エンツォが意地悪に囁いて、コリコリになってしまったそこに、張り出した部分を往復させる。

「……ダメ……ダメだよ……ああっ！」

激しい射精感が、オレの屹立を駆け上る。

「……エンツォ……イク……！」

オレの先端から、ビュクビュクッ！　と勢いよく蜜が迸り、音を立ててガラスを濡らす。ガラスの向こう、星明かりの下の南極の景色が、快楽の涙でじわりと滲《にじ》む。

……さっきイッたばかりなのに、こんなに出しちゃうなんて……ものすごく恥ずかしい。

「……ダメだって言ったのに……オレ、ガラスに……」

「そんなことは気にしなくていい。……お仕置きは、まだまだ終わらないよ」

エンツォはオレのウエストを両手でしっかりと支え、その欲望をゆっくりと押し入れてくる。

「ああーっ！」

オレの、とても深い場所までを彼の欲望が満たす。オレの内壁は震えながら彼を包み込み、悦《よろこ》びを表すように、キュウン、と強く締め上げて……。

「ああ、君の身体は本当にすごい。……このまま動くよ。いい？」

「うん……あっ！」

彼の手が、オレの身体を後ろから抱き締める。そのまま、グッ、グッと強く突き上げられて、オレは窓に両手をつき、そこに額を押し付けて必死で射精感に耐える。

「……あっ……あっ……ダメ……ああ……っ！」

エンツォの手が滑って、オレの両方の乳首を見つけ出す。そこを愛撫しながら、とても深い場所まで激しく突き上げられて……。

「……ああ……ダメ、また出ちゃう……！」

切羽詰《せっぱつ》まった声で言ったオレを、彼が強く抱き締める。

「たくさん出していい。……君の身体が素晴らしすぎて、私ももう限界だ」

耳元に響く熱い囁き。そのまま激しく抽挿《ちゅうそう》される。

「……くう、んん……！」

目の前が真っ白にスパークし、オレの先端から白濁が迸る。激しい快感に強く締め上げてしまうオレの内壁を、灼熱の鉄のように熱く、とても逞しい彼がひときわ深く貫いて……。

セクシーなため息と同時に、彼の欲望の蜜が、ドクン！　ドクン！　と激しく撃ち込まれる。

エンツォがゆっくりと屹立を引き抜くと、溢れた白濁がゆっくりと腿を伝い……。

「……ああ……」

あまりの快感に崩れ落ちるオレの身体を、お湯の中で彼がしっかりと抱き留める。そのまま身体の向きを変えさせられ、唇に深いキスが下りてくる。

「……んん……っ」

彼の熱い舌が口腔《こうこう》に滑り込み、オレの舌を搦《から》め捕《と》る。優しく愛撫され、チュッと吸い上げられて、オレはまた気が遠くなりそうで……。

「自分の身体がどんなにすごいか、自覚した……？」

エンツォの囁きが、オレの唇をくすぐる。

「誰にも身体を見せないと、約束できるね？」

「……あ……」

囁いてまたキスをされ、オレはうなずいてしまいそうになるけれど……。

「……嫌、だ……約束しないぞ……」

オレはエンツォのあたたかな身体に抱きつき、その額に額を押し当てながら言う。

「だって……大浴場は日本の文化だし、合宿はメンバーの結束を固めるために必要だし、オレ、湯上がりのいちご牛乳、大好きだし……」

エンツォが苦笑しながら、オレの唇にキスをする。

「わかったよ。日本人である君の楽しみを、私の独占欲だけで禁止しては可哀想だな」

それからオレの目を間近に覗き込んで、

「日本の文化である大浴場までは禁止しない。だが、身体をできるだけ見せないように気をつけ、風呂から上がったら服はすぐに着ること。……それは約束できる？」

「わかった。お湯に入る時にはタオルで前を隠す。上がったら、タオル一枚でウロウロしないですぐに服を着る。いちご牛乳はその後。……これで、いい？」

「本当は不満だが、妥協する。過保護な恋人だと君に思われたくない。……約束のキスを」

大真面目な顔で言われたエンツォの言葉に、オレは思わず笑いそうになる。

……いや、もう、十分に過保護だと思う……。

笑いを必死に我慢しながら、オレは彼に、約束のキスをする。

……でも、過保護にされるのがちょっと嬉しい、オレもオレだけどね……。

エンツォ・フランチェスコ・バルジーニ

湊が安らかに眠ってしまった頃。私は、ブルーノ叔父からの電話で彼の部屋に呼び出された。もしも酒につきあえ、などという電話ならすぐに切ったのだが、彼の口調は真剣だった。何か深刻な話なのだろうと私は嫌な予感を覚える。

「独自の理論を展開するあの天才的な頭脳には感服する。カリスマ性もあって学生に人気が高いのもうなずける。だが……」

ブルーノ叔父はなぜか言葉を切り、それからなぜかため息をつく。

「俺は、今のルシアス・ディ・アンジェロを好きになれない」

その口調の厳しさに、私は少し驚く。

……ブルーノ叔父は温和とは言いがたい性格だし、猪突猛進するタイプだ。だが……ここまではっきりと否定するのは珍しい。

「とにかく彼に気を付けたほうがいい。そして、ミナトから目を離すな」

倉原湊

「ふわああ……」

寝不足のオレは、思わずあくびをしてしまう。

ガラス張りの甲板に設置された南国風のカフェ。ここのチョリパンと熱いオレンジ入りのマテ茶が気に入ったオレは、また同じ物を頼んで一人で食べている。今回もかなりスパイシーだけど……昨夜遅くまですごくエッチなことをされてたから、なかなか目が覚めない。

……眠い……完璧な船長服姿でブリッジに向かったエンツォは、どれだけタフなんだ！

「見ちゃった。大きなあくび」

楽しげな声に、オレは慌てて振り返る。そこに立っていたほっそりした人物を見て思わず微笑んでしまう。

「ルーカ！」

ルーカは真っ白いタートルネックのセーターに白のスラックスとブーツ。そこに白いダウンコートを重ねていた。まるで雪の王子様みたいなその姿に、女性客達がため息をついている。

「ルーカもランチ？　よかったら座らない？」

「どうもありがとう。……フランツから、ミナトはこのカフェが気に入っているみたいだって聞いて来たんです」

ルーカはコートを脱ぎながら言い、近づいてきたウエイターに紅茶とサンドイッチを注文する。

「本当に、すごく眠そうですね」

隣に座った彼に顔を覗き込みながら言われて、オレは思わず赤くなる。

「ええと……ゆうべ、ちょっと眠れなくて」

「ミナトは、航海中、ずっとバルジーニ船長の部屋に泊まっているんですか?」

妙に真剣な顔で言われて、オレはぎくりとする。

……オレとエンツォが男同士のカップルだってバレてる? いや、そんなそぶりは見せてないはずで……。

「ええと……うん。彼の部屋はだだっ広いし、オレは学校の休みに合わせていつも急に乗るから、部屋を用意してもらうのも申し訳ないし……」

「僕の部屋に来ませんか?」

唐突な言葉に、オレはちょっと驚く。

「あ、ええと、ランチが終わったらってこと?」

「そうではなくて、今夜」

「ああ……お泊まりってことか。すごく楽しそうだけど、ルーカは調査の準備で忙しいよね。邪魔したら悪いし……」

「準備はだいたい終わったんです。だから来ませんか? 今夜から」

「今夜、から?」

「はい。今夜から、僕の部屋に泊まってください。クルーズが終わるまで、ずっと」

ルーカが言って、オレの顔を見つめる。その綺麗な顔にはいつもの優しい笑みはなくて……オレは混乱する。

「え? ええと……?」

「バルジーニ船長はすごくいい方ですが、年齢が離れているし、ちょっと堅苦しい感じですよね？　気を遣って落ち着かないのでは？　だから眠れないんでしょう？」

やけに心配そうに言われて、オレは慌ててかぶりを振る。

「ううん、そうじゃないよ。バルジーニ船長はああ見えてもそんなに堅物ってわけでもないし、けっこう優しいし……気を遣ってるわけじゃ……」

「じゃあ、どうして眠れなかったんですか？」

「いや、レポートとかいろいろ……とにかくバルジーニ船長に気を遣ってるわけじゃ……」

「もしかして、僕が嫌いなんですか？」

氷河みたいに複雑な色を宿した水色の瞳で見つめられて、オレの視界がふわりと揺れる。

……なんだろう？　こうしていると、なんだか何も考えられなくなりそうな……。

「……そ、そんなことは……」

「それなら、僕の部屋に来てくれますよね？」

……ああ、どうしたんだ、オレ？

今夜はエンツォと後部甲板に行く約束をしてるし、何よりせっかくのエンツォとの休日をほかの人と過ごす理由がない。だから、ちゃんと断らなきゃいけないのに……。

ルーカの手が、テーブルの上にあったオレの手をそっと握り締める。大理石みたいにひんやりとした感触に、身体が勝手に震える。

「僕と一緒にいてください。クルーズが終わるまでずっと」

オレの手の甲をそっと滑る彼の手のひら。囁くような優しい声。間近に見つめてくるのは、まるで天使みたいに麗しい美貌。彼を見つめたまま、オレはなぜか動くことができない。

「いいですね？」

怖いほど綺麗な瞳で真っ直ぐ見つめられて、喉がきゅっとなって、声が出ない。

……いったい、どうしちゃったんだ、オレ？

「……ミナト！」

聞こえてきた声に、呆然としてしまっていたオレはハッと我に返る。

「エンツォ！」

振り向くと、立っていたのは船長服姿のエンツォだった。後ろには航海士の制服を着たジブラルとほかのブリッジのスタッフがいる。きっと休憩時間に入ってランチをしに来たんだろう。

……しかも、エンツォの顔を見て、どうしてこんなにホッとしてるんだ、オレ？

オレは、さりげなくルーカの手の中から自分の手を引き抜いて立ち上がる。

「ランチなの？　ちょうどオレも……」

言ったオレの手首を、ルーカが強く握り締める。細い指に似合わないその力に、オレは驚いて彼を見下ろす。

「ミナト、さっきの返事は？」

見上げてきたルーカが、オレの答えをうながすように言う。オレは慌てて、

「あ、やっぱり邪魔をしたら悪いから、遠慮しておくね。心配してくれてありがとう」

「そうですか……」

ルーカがものすごく寂しそうな声で言って、オレの良心がズキリと痛む。

「ご、ごめん、でも……」

「……君が、僕だけのものならいいのに……」

美しい唇から漏れた、ため息のような囁き。その言葉に、オレはなぜかゾクリとする。

……ルーカは素敵な人で、こんなに綺麗で、何よりオレと彼は友達だ。なのに……。

オレは、呆然とルーカを見下ろしながら思う。

……どうしてオレは、今の彼が、ちょっと怖いなんて思っちゃってるんだろう……？


――『豪華客船で恋は始まる12』下巻に続く――

◆初出一覧◆

豪華客船で恋は始まる12 上　／書き下ろし

ビーボーイノベルズをお買い上げいただきありがとうございます。

この本を読んでのご意見・ご感想をお待ちしております。

〒162-0825 東京都新宿区神楽坂6-46
ローベル神楽坂ビル5F
株式会社リブレ内 編集部

リブレ公式サイトでは、アンケートを受け付けております。

サイトにアクセスし、TOPページの「アンケート」から該当アンケートを選択してください。

ご協力をお待ちしております。

リブレ公式サイト　http://libre-inc.co.jp

BBN B•BOY NOVELS

豪華客船で恋は始まる12 上

2016年9月20日 第1刷発行

著者――水上ルイ

発行者――太田歳子

発行所――株式会社リブレ
〒162-0825 東京都新宿区神楽坂6-46ローベル神楽坂ビル
営業 電話03(3235)7405 FAX03(3235)0342
編集 電話03(3235)0317

印刷所――株式会社光邦

定価はカバーに明記してあります。

乱丁・落丁本はおとりかえいたします。

Printed in Japan
ISBN 978-4-7997-1527-7